재조일본인 유곽 이야기

이 저서는 2007년 정부(교육과학기술부)의 재원으로 한국연구재단의 지원을 받아
수행된 연구임(NRF-2007-362-A00019).

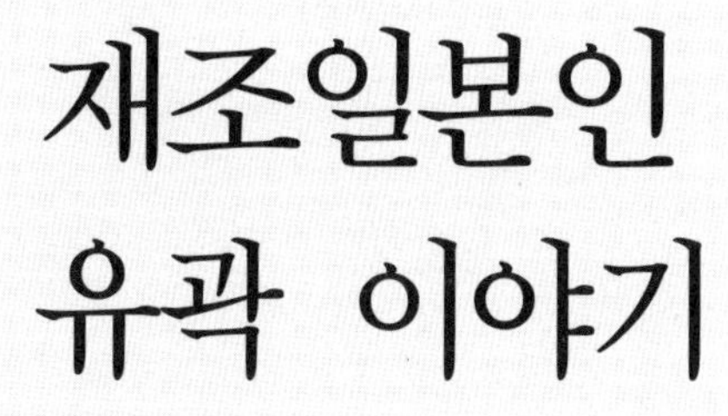

재조일본인 유곽 이야기

이가혜 · 이승신 편역

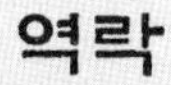

차 례

파계(破戒) 7

도박자인 아버지에게서 게이샤로 팔리기까지 21

낙적정화(落籍情話)－게이샤에서 여자로 33

‖창작‖ 자살자의 수기 47

쫓겨난 여자 83

게이샤를 이면(裏面)에서 보다
－〈대화극〉 적나라한 게이샤의 이면 113

역자 후기 139

파계(破戒)

무라카미 교코쿠(村上曉谷)

6월의 어느 밤— 그는 복도의 어둠을 빌려 여자를 기다리고 있었다.

온천장의 밤은 파도가 밀려오는 듯한 땅벌레 소리와 함께 깊어가고 조금 서늘한 미풍이 정원에 심어진 푸른 잎 사이를 흘러가고 있다.

그는 무언가를 후회하는 듯한, 또한 자신을 타이르는 듯한 모순적인 기분에 매우 초조했다. 여자가 걸어오는 가벼운 조리(草履) 소리가 들릴 때마다, 예상하고 있던 경계해야 할 어떤 물건을 만진 것 같은 기분이 고조되었다.

발소리가 났다. …… 드디어 왔군, 이라는 심장의 울림이 있었지만, 이는 결코 그 옛날의 환희에 찬 혈기의 울림은 아니었다. 오히려 현세의 죄를 신 앞에 포기한 청교도(清教徒)가 어떠한 유혹을 두려워하는 정도의 것이었다. 반역자가 사실과 약속, 그리고 도리를 되돌아보며 진실로 성불하는 양심의 가책이었다.

전등의 불빛을 등에 진 여자가, 길고 어두운 복도를 한 마리의 짐승처럼 부드럽게 다가오자, 그는 두려운 듯 기대고 있던 난간에서 떨어져 섰다.

"안녕…하세요…"

그는 조용한 목소리와 향수냄새에 현기증이 일 듯한 착각에 빠져가는 자신의 관능을 의심하기 시작했다. 그러나 어둠 속에서 선명하게 보이는 여자의 육감적인 매력은, 강력하게 그의 이성을 무너뜨리고 있었다.

새까만 눈동자를 가진 그녀는 고양이처럼 유연한 움직임으로 그의 왼쪽에 다가와 섰다. 그는 잠시 동안 할 말을 찾지 못하고 가만히 있었다. 여자도 아무 말이 없었다. …… 그는 탐닉에 빠져 있던 시절의 일들을 잇달아 떠올렸다. 아내를 생각했다. 아내가 있는 남자가 설령 한순간의 변덕이었다 할지라도 다른 여자를 접하는 것은 부당하다고 생각했다.

여자는 육체를 제공한다던 약속에 대해, 현재 어떠한 불평불만도 없는 듯 보였다. 요약해보면 그와 여자 사이에는 극히 간단한 이유와 조건이 얽혀있다고 밖에 생각할 수 없다. 마침 공원의 벤

치가 비어 있기에 걸터앉은 것과 같지만, 앉아서는 안 될 곳에 걸터앉았다는 관념은 그의 이성에 강한 울림을 일으켰다.

하지만 밤은 지나치게 아련하고, 매혹적인 것이었다.

"당신…"

그는 여자에게 말을 걸었다.

"몇살이지?"

"글쎄요… 아직 어리답니다."

여자는 쓸쓸한 듯 미소를 보이며 그를 향해 돌아섰다.

"이름은…"

"요시코(芳子)라고 해요."

그들은 잠시 평범한 대화를 나누었다. 추위가 몸 속까지 스며드는 밤공기의 차가움이 등줄기에 물을 끼얹는 듯 쫓아왔기에 저도 모르게 어깨를 움츠렸다. 여자의 따뜻한 체온이 얇은 옷을 통해 전달되어 오자, 이상하리만큼의 충동이 머리를 쳐들듯 일어나는 것이었다.

"조금 추워졌군."

"방으로 가실까요?"

요시코는 앞장 서 걷기 시작했다. 그는 그때 처음으로 여자의 얼굴을 확실하게 보았다. 어딘가 쓸쓸한 얼굴을 한 여자로 머리를 틀어 올린 채 거칠게 짠 비단으로 된 옷을 입고 있었다. 수수하고 평범한 여자라는 점이 그의 마음에 가을볕 같은 쓸쓸한 그림자를 드리웠다.

그는 여자가 조금 더 농염한 표정의 소유자이길 바랐다. 모파상이 그린 여성이나, 아니면 단눈치오(Gabriele D'Annunzio)의 「죽음의 승리」에 나오는 히로인과 같은 사람이 오히려 이러한 장면이나 정서에 어울릴 것만 같은 느낌이 들었다. 어두운 복도를, 두 사람은 조용히 걸어갔다.

"소노다(園田)씨"

마침 복도를 돌아 방에 들어가려던 순간, 여주인이 낮은 목소리로 급히 말을 걸었다.

"온천에 들어가셔서 쉬세요. 이제 아무도 들어올 사람은 없어요. 둘이서 천천히 즐기시면 좋잖아요."

"그렇군. 그럼 혼욕도 드문 일이니 재미있겠군."

라고 요시코에게 말하자, 그녀의 얼굴에는 지금껏 보이지 않았던 밝은 빛이 빛났다. 그는 여자에게 수건을 가져오도록 말을 한 뒤, 다시 복도를 통해 온천장 쪽으로 걸어갔다. 여주인과 요시코는 한두 마디 사담을 나누었지만, 곧 떠들썩한 웃음소리와 함께 인사를 나누었고 여주인은 요리장 쪽으로 뛰어갔다.

온천장은 묵묵히 밤의 침묵을 채우고 있었다. 유리창으로부터 새하얀 달빛이 연기처럼 흘러들어왔고, 석단 아래에는 기름이 들어있는 듯한 욕조가 고요하게 달빛을 받아내 보였다. 그는 옷을 벗고 욕조 쪽으로 흔들거리며 걸어갔다.

다음날 아침은 그가 먼저 눈을 떴다.

오랫동안 멀리 하던 음락(淫樂)의 피로는, 그의 전신에 진득한 엿처럼 늘러 붙어 답답한 나른함을 느끼게 했다. 베개를 옆에 끼운 채 여자는 죽은 사람처럼 잠들어 있었다. 파계를 두려워하던 승려들(僧徒)이 자신의 본능을 이기지 못하고, 공허한 파계의 연못에 가라앉는 것과 같은 자포자기의 심정으로 여자의 잠든 얼굴을 바라보고 있자니 어딘지 모르게 마음 한 구석에 어떤 비애의 그림자가 드리우는 것만 같았다. 자신이 유혹을 거절하지 못한 것을 그리고 신념을 일관하지 못한 것을 더 이상 경멸할 용기는 없다. 될 대로 되라는 식의 자포자기의 심정으로, 추악한 과거를 냉정하게 바라보는 것 외에 현재의 공허한 영혼을 구해줄 수 있는 것은 없다.

여주인이 자신을 위해, 전혀 알지 못하는 이 여자의—비록 이러한 일을 직업상의 약속으로 하는 여자라 할지라도—접대를 받게 하였다는 것에 대해서도 분에 넘치게 느껴졌다. 여주인은 나를 대접하기 위해 이 여자를 희생하였다. 적어도 이 여자는 일종의 고통을 경험한 것은 아니라 하더라도, 평소 싫어하던 일을 강요받았음에 틀림없다. 그러나 이 여자는 도저히 여주인이라는 권력자의 앞에서 자아의 훌륭함을 선언하고 청정함을 주장할만한 의사도 없었고 힘도 없었다. 지난 밤, 나의 희생이 되지 않았더라면, 저 늑대처럼 여자를 쫓고 있는 실업가 요코야마(横山)씨를 위한 욕망의 도구가 되어 있었을 수도 있다.

나는 공허한 두뇌 속에서, 겨우 이것만을 논리적으로 생각해 보았다. 자신의 권력과 요코야마씨의 재력을 비교하면, 이 비교에는 하등의 차이도 없다. 폭력, 제압, 정복, 지배만이 남는다.

지금의 경우 여주인에게는, 재력과 지위를 지닌 요코야마씨보다도 신문 기자인 나의 권력을 손에 넣는 것이 최대의 급선무였다. 나의 권력이 이겼다는 것은 아니다. 이는 여주인이 정해준 것이다. 그러고 보면 오히려 여자는 누구라도 자유롭게 줄 수도 있고 살 수도 있는 물건과 같다. 그는 학대당하는 여자의 참혹함에 견주어 생각했다. 동시에 학대하는 자의 폭력도 생각했다. 권력을 이용하는 폭군이 인류 생활의 안정을 얼마나 혼란시켜왔는가를 생각했다. 그리고 폭력에 반항하려고도 하지 않는 여자, 반항할 수 없는 약자가 얼마나 많은가를 상상하지 않을 수 없었다.

도스토예프스키가 그린 노란 딱지의 여자[1]와 견주어 생각해 보았다. 조금은 흐린 아침이었지만 이른 아침의 빗소리가 푸른 잎을 두드리자 조금 후 파도가 밀려오듯 온천장 특유의 조용한 공기가 엄습해 왔다.

여주인이 차동차를 대기시켰다고 알려주러 왔기에 요시코도 눈을 떴다. 여자의 웃는 얼굴에 그의 사색도 멈추었다.

근 한 시간 후, 일행 다섯 명이 준비를 마치고 숙소의 조추(女中)[2]와 여주인의 배웅을 받으며 문 밖으로 나온 것은 11시 경으로 볕이 내리쬐기 전이었다. 정거장이 T마을에 있기 때문에 여자들과 함께 T마을까지 타고 가기로 한 것이다.

그는 자시키기(座敷着)[3]를 싼 보따리를 안은 요시코와 나란히 자동차의 가장 뒷자리에 앉았다.

"소노다씨, 가까운 시일 내에 요시코와 함께 놀러 오세요."

여주인은 그에게 다가와 인사했다.

"조만간 가겠습니다. 여주인장이 워낙에 잘 해주셔서 이대로 넘어갈 수 없으니, 다음번에는 선물을 준비해 오죠."

---

1) 도스토예프스키의 『죄와벌』에 등장하는 소냐. 러시아에서는 창녀의 표식으로 노란 딱지를 부여했다.
2) 가정, 여관, 요정 등에서 살면서 일하는 여성.
3) 기생·연예인 등이 객석에 나갈 때 입는 옷.

그는 자신을 위해 준비되었던 여자에게 전하는 의도로 여주인에게 말하자 어느 정도 자신의 고통이 씻긴 듯한 기분이 들었다. 요시코도 고개를 살짝 숙여 여주인에게 인사했다.

"안녕히 계세요."

"그럼 안녕히 가세요."

포플러 가로수 아래에서 자동차가 움직이기 시작하자 배웅을 나온 무리들은 이렇게 말하며 고개를 숙였다. 자동차는 보리밭 사이로 고불고불 고부라진 길을 쏜살같이 달려 T마을로 향했다.

T마을에 도착한 것은 오후 1시 경으로, 여자들은 정거장 앞으로 가는 것을 싫어했지만 운전기사는 결국 정거장에 멈추고 말았다.

"이봐, 저기 위선자가 앞질러 가고 있군."

그의 친구는 이렇게 속삭였다. 요코야마씨는 M지역의 상당한 자산가로, 술살이 오른 체구를 레인코트로 감싸고 흰머리가 섞인 둥그스름한 얼굴을 조금 앞으로 내민 구부정한 자세로 도로를 성큼성큼 한가로이 거닐고 있었다.

"요코야마씨, 매우 빨리 오신 것 같네요."

그는 쓴웃음을 지으며 요코야마씨의 앞으로 걸어가 말했다. 교활한 얇은 눈과 살짝 마주치자, 요코야마씨는 갑자기 얼굴을 허물며 조소적이며 야비한 웃음을 띠웠다.

"이야, 젊은 사람들은 활기차서 좋군요."

"아 감사합니다. 가끔은 먼지투성이인 곳을 잊고 싶어서요…"

일행이 있는 곳으로 다가가자, 요시코는 교양 있는 말투로 말하였다.

"아직 시간이 있어요. 저희 집에서 잠시 쉬세요."

"그렇군. 두 시간 반이나 기다리는 건 지루하니까. 맥주라도 한 잔 할까."

그들은 들길 쪽으로 나가, 1정(町) 정도 떨어진 요시코의 집 쪽으로 천천히 걸어갔다.

'새벽녘'이라는 현등이 걸려 있는 집 안으로 요시코와 두 명의 여자가 먼저 들어갔다.

"소노다씨, 들어오세요."

네 평 반의 요시코의 방에 4명의 무리가 들어갔다. 작은 구식 화장대와 오래된 샤미센[4]과 다기를 올려 둔 작은 책상이 방을 꾸미고 있다.

"이건 제가 대접하는 거예요."

라고 말하며 요시코는 과자를 내었다. 요시코가 맥주를 준비하기

4) 샤미센(三味線)은 일본의 가장 대표적인 현악기로 민요의 반주나 근세 일본 음악의 대부분의 종목에 사용된다. 3현의 발현악기로, 여러 종류의 음악 연주에 사용된다.

위해 일어난 후, 그의 친구는 책상 서랍에서 한 통의 편지를 꺼내 펼쳤다.

'오늘밤, 오오가와씨와 함께 갈 지도 몰라. 기다려줘. 야마다로부터.'

굵은 글씨체의 히라가나로 써 있었다.

"어머, 안돼요. 그런 걸 보시면."

요시코는 들어오면서도 그다지 뺏으려 하지도 않았다. 그는 조금 잘못된 것만 같은 마음의 속삭임을 들었다. 그것이 스스로 알지 못할 정도의 질투라는 것을 알게 된 순간, 그는 갑자기 부끄러움을 느꼈다. 그것을 눈치 채지 못하도록 그는 맥주를 단숨에 들이켰다.

돌아가는 길에 5원 지폐 한 장을 가만히 요시코에게 쥐어주자, 그녀는 감사의 표현으로 살며시 그의 손가락을 쥐며 눈인사를 했다. 현관에는 두 명의 외국인이 이 집의 여자를 상대로 앉아 맥주를 마시고 있다.

"굿바이, 외국인."

그는 말했다. 두 명의 외국인도 답례하였다. 그 신기한 발음을 듣고 나니 자신의 볼품없는 발음이 그들의 가슴에 어느 정도 반응을 주었다는 사실에 눈물이 나올 정도로 감격하였다.

"안녕히 가세요. 조만간 꼭 한번 오세요."

요시코는 비틀비틀 걸어가는 그를 향해 말했다. 그리고 문 앞까지 배웅하고는 또 한 번

"안녕히 가세요."

라고 말했다.

무언가가 또 한 번 쓸쓸하게 그의 가슴을 쳤다.

…요시코도 머지않아 나를 잊어버리게 되겠지. 나를 잊어가겠지. 마치, 몇 명의 연인에서 다른 연인으로, 덧없는 환희를 구하며 떠돌아다니던 옛날처럼… 죄도 악도 잊어버리는 것이다. 그는 기도하고 싶은 듯한 흥분마저 느꼈다.

기독교에서 매춘부로 멸시당하는 그녀도 자신도, 이제는 아무런 차이 없는 죄인이라는 것을 생각했다. 서로 알지 못하는 두 사람이 만나서 헤어지고, 그리고 잊혀 간다. 거기에 어떠한 사랑도 없으며 집착도 없다.

내리 쬐던 열광이 사그라진 길을, 정차장 쪽에서 자동차가 질주해 왔다. 젊은 남자 세 명과 두 명의 여자가 바람을 가르며 온천장 방향으로 사라졌다.

그는 다시 한 번 돌아서 요시코가 있는 곳을 바라보았지만, 지나간 자동차가 내뿜은 먼지와 가솔린 매연들이 소용돌이치며 춤

출 뿐 요시코의 모습은 이미 문 앞에서 사라져 있었다.

저 멀리 들판 끝자락에서부터 희미한 기적 소리가 전해져 왔지만, 오른쪽 산의 숲에서 지지이– 하고 우는 기름매미 소리에 그것마저도 점차 들리지 않게 되었다.

*『朝鮮及滿洲』 158호, 1920.8.

도박자인 아버지에게서 게이샤로 팔리기까지

베니타니 교노스케(紅谷曉之助)

경성에 있는 내지인 중 도박사가 많다는 것은 이미 귀에 딱지가 앉을 정도로 오래된 이야기이다. 이는 상류사회의 오락—소위 요직에 있는 대 관리들을 비롯하여 신사신상(紳士紳商)의 가정 중 거의 반이 도박을 일상적인 오락으로 하고 있다—으로 생각되어, 모두 법망을 빠져나가고 있다. 기자는 수년전에도 그 방면의 모 형사에게 '왜 이러한 위법자를 검거하거나 단속하지 않는 것인가' 라고 물은 적이 있었는데, 당시 형사의 답변이 매우 근사했던 것으로 기억하고 있다.

"우리는 도무지 단속할 재량이 없습니다. 상류 사람들이 하는 것은 단지 가정 내의 경기나 오락 정도에 그치고 있기 때문에 타인에게 해를 끼질 위험이 없습니다. 특히 판돈 같은 것도 자신의 분수 내에서 하고 있기 때문에, 글쎄요 잡으려고 한다면 상류사회 대부분이 도박 상습범일걸요."라고.

이로써 거의 상상하기 어렵지 않겠지만, 이미 형사 자신 역시 도박사라니 놀라지 않을 수 없다. 예전에 일했던 △△형사도 그 중 한명이었다고 한다. 다만 주식현장의 매매나 미곡투기 류도 큰 도박임에 틀림없지만, 경제를 운운하며 정부가 공인하고 아니 공무(公務)마저 하고 있으니, 사유재산을 던져 노름판을 펴는 것 정도는 아무것도 아니라는 논리를 붙여 도박을 상습적으로 하는 자들이 있다.

그러나 비밀의 손은 퍼져나가, 도박 상습자의 블랙리스트 소위, 흑표(黑表)라는 것이 만들어졌다는 사실은 이미 인천신보(仁川新報)에서도 지천으로 보도하고 있다. 그러나 흑점(黑點)이 붙어 있는 자만해도 백사오십명을 훌쩍 넘었으나, 경찰은 명부를 알리기는커녕 현장을 진압하는 것조차도 범인의 이름이 총독부의 ×××장(長)이라는 말을 듣고는 반대로 납작 엎드려 사과를 했다고 할 정도이다.

* * * *

오초(お蝶)는 작년 봄 경성고등여학교를 졸업할 때까지 아버지가 하는 일에 대해 전혀 알지 못했다. 아버지는 일정한 직업 없이

빈둥대며, 놀러오는 자들도 건달이거나 산전수전을 다 겪은 이들뿐이었다. 그리고 그녀에게는 낳아준 생모가 없었는데, 있었다고 해도 게이샤인지 매춘부인지 하는 자였다고 한다. 생모를 모른 채 제2의 어머니를 맞이한 것은 오초가 6살 정도 되었을 때로, 제2의 어머니조차도 신촌에서 긴 세월 조로(女郎)[1]를 하던 여자였다. 이 어머니를 맞이할 때까지도 어린 오초는 몇날며칠을 홀로 울어야만 했다.

아버지는 도박에서 이기면 삼 사 일은 집에 돌아오지 않고 술을 마시거나 유곽에 다니며 오초를 근처 막과자가게에 맡겨두곤 했다. 그런 날의 오초는 너무도 외로웠다.

"아버지가 이대로 어디론가 떠나버리시는 건 아닐까?"

하고 생각하기도 했다. 막과자집의 과부는 친절한 사람으로, 과자 선반 그늘 아래 작게 웅크려 쓸쓸히 생각에 잠겨있는 오초의 머리를 묶어 주거나 화장을 해주며 위로해주려 노력하였다.

"예쁘게 화장한 얼굴에 눈물 자국이 그려지는 것이 애처로웠어요. 어미가 없는 아이는 아무래도 쓸쓸한 것 같아요."

오초가 팔려가고 난 후, 당시 막과자집의 노파는 이렇게 말하곤 했다. 노파에게는 아이가 없었기 때문에 오초를 자신의 딸처럼 귀

---

1) 유곽에서 유객(遊客)을 대접하는 여자로 유녀(遊女)와 같다.

여워하고 살뜰이 보살폈다.

여학교를 졸업한 오초는 갑자기 점점 아름다워지더니 어느새 성숙한 여자로 자라났다. 하지만 내성적인 편인 오초는 외출하기보다는 시종 집에 있으며 과자가게의 아주머니가 놀러 오는 것을 낙으로 삼아 바느질이나 하는 경우가 많았기 때문에 화장도 하지 않고 머리도 대충 묶고 있는 편이었다.

"오초, 머리라도 묶으면 좋을 텐데. 그 나이 또래 여자아이에게 어울리지 않잖아."
라고 과자가게 아주머니는 항상 말했다. 오초는 일찍부터 옛날 춤이나 샤미센을 배워 왔다.

이런 사회에서는 돈 때문에 자신의 딸을 파는 일 정도는 대수롭지 않은 일이었기 때문에, 딸이나 양녀에게 예를 배우게 하는 것 역시 팔아넘기기 위한 준비과정이었다. 출발과 동기는 그렇지 않다 하더라도 '예는 몸을 구할 정도의 불행'인 것으로, 결과적으로도 역시 정조의 가치를 낮게 생각하고 있는 것인 만큼, 정부는 정부대로 자신이나 타인의 딸을 파는 일을 대수롭지 않게 공인하고 있다.

오초는 어느새 팔려갈 약속이 되어 있었다. 그해 봄 벳푸(別府)에서 열린 큰 노름판에 나간 오초의 아버지는 부하 두세 명을 데리고 조선쪽 두목과 합류하기로 되어 있어, 아무래도 천칠-팔백원의 현금이 필요하게 되었다. 이에 오초를 인천에 있는 유곽에 4년 동안 팔기로 한 것이었다.

"오초, 너 인천에 좀 다녀 오거라. 이번이야말로 아버지의 체면을 세울 갈림길이니까."

새어머니에게 이 말을 들었을 때, 오초의 눈동자는 흔들리고 있었다. 하지만 그녀는 굳은 결심을 한 후였기 때문에

"가겠어요."

라고 답했다. 그러자 어머니는 갑자기 오초의 기분을 맞추며 게이샤가 되면 이러쿵저러쿵, 자신이 지금껏 시종 유곽을 드나들었던 만큼 유곽의 뒷이야기를 해 주었다.

어머니가 설명해주신 유곽 내의 사정이라는 것이 하나같이 오초가 생각지도 못한 일들이라, 오초는 설명을 듣는 것만으로 괴로웠다. 눈물이 저도 모르게 뚝뚝 떨어져 얇은 메린스 앞치마를 적셨다. 난폭한 아버지 역시 감개무량한 표정이었지만 곧 초연하게 입을 열었다.

"오초, 너한테는 미안하구나. 너를 이제 와 게이샤가 되게 할 거였으면 아비는 너를 여학교까지 보내지는 않았을 거다. 하지만 남자 일이라는 것이 항상 사람 마음대로 되는 게 아니야. 의리도

있으니까."

"네, 저 가겠어요, 아버지. 지금껏 키워주신 은혜가 있는걸요. 한번은 부모님을 위한 일을 하고 싶다고 생각했어요. 게이샤가 되는 일도 효행이라고 생각하면 저 괴로울 것 없어요."

오초는 그렇게 말을 하고서 제단 위에 올려진 사람처럼 관념의 눈동자를 완전히 닫아버리고 말았다. 뜨거운 눈물이 가슴 저 깊은 곳에서부터 쑤욱하고 콧잔등까지 솟아올라, 고개를 숙이자 하얀 손가락과 반지에 눈물이 뚝뚝 떨어졌다. 아버지와 어머니는 목각 인형처럼 입을 다물었다. 오초는 아래를 바라본 채 말했다.

"다만 아버지. 돈이 생기면 하루라도 빨리 나를 다시 데려와주세요."

아버지와 어머니는 '만약 이번에 형편이 좋아져서 천칠백원이 삼천원이 되면 이틀도 기다리지 않고 너를 자유로운 몸이 되게 해줄게. 아무튼 이번 판은 규슈(九州), 중국, 나고야(名古屋) 쪽 사람들까지 오는 큰 도박판이니까……'라고 오초에게는 와 닿지 않는 이야기를 하고 있었다.

—그 다음날부터, 오초는 바빠졌다. 머리를 묶어주는 사람이 오고, 포목전 사람이 오고, 게타(下駄)가게, 우산가게 사람들이 왔다. 오초의 탐스러운 머리카락은 시마다마게(島田髷)[2]로 틀어 올리고,

붉은 가노코시보리(鹿子絞り)[3] 무늬마저 아름다웠다. 거울 앞에 앉아 나름대로 잘 어울리는 검은 공단의 깃을 보고 있자니, 오초는 갑작스레 변한 앞으로의 생활이 너무도 걱정되어 머리가 멍해지는 것 같았다.

아무도 없을 때에 오초는 책상 앞에 앉아 한 시간이고 두 시간이고 이런저런 추억이나 상상을 하였다. 지금까지의 학교생활이 파노라마처럼 눈앞에 펼쳐졌다. ……그러자, 이번에는 아름다운 게이샤의 모습을 한 자신의 모습이 그려졌다. 그리고 부인이 된 학교친구가 남편과 어깨를 나란히 하고 사이좋게 걸어온다. 불쑥 길에서 만나

"어머… 너 마쓰무라(松村) 아니니?"

"아… 우메오카(梅岡)… 창피해라."

라고 인사하는 사이, 학교친구였던 오초를 바라보는 우메오카의 태도와 표정이 변했다. 불과 수십 초 사이에.

"마쓰무라, 게이샤라니 그다지 고상한 부인의 길은 아니야… 그런데, 너 예명은?"

…아아, 큰길 한 가운데에서, 사람들이 힐금힐금 쳐다보며 지나가는데, 아아 견딜 수 없어. 오초는 눈에 들어온 먼지를 씻어내려

2) 여자 머릿속발의 하나로 처녀 때나 혼례 때 틀어 올린 머리.
3) 사슴 등의 흰 얼룩처럼, 갈색 바탕에 군데군데 하얀 무늬를 넣은 홀치기염색.

는 듯이 눈을 비비며 그 불쾌한 광경의 환영을 쫓아내려 했다.

그날, 오초가 근처의 방물가게에서 명주실을 사서 돌아갈 때에 옆집의 7살이 된 여자아이가 '언니' 하고 뛰어왔다.

"언니, 오늘 머리가 예쁘네요? 가는 거죠? 새신부가 돼서 가는 거죠? 응? 응? 언니."

오초는 엉덩방아를 찧은 것처럼 창피하고 심장이 뛰어

"아이참 나빴어. 언니 결혼해서 가는 거 아니야."

라고 말하고는 도망치듯 집 안으로 뛰어 들어가 버렸다. 오초는 쓸쓸한 기분이 들었다.

그로부터 얼마 지나지 않아 오초는 인천으로 떠나고 말았다.

"아주머니, 그 아이는 참 예뻤을 것 같아요."

라고 나는 막과자집의 노파에게 물었다. 노파는 슬픈 연극 이야기라도 한 것처럼 센티멘털해져 눈꺼풀을 누르며 대답했다.

"콧날이 높고 피부가 하얀 여자아이로, 눈동자는 마노(瑪瑙)[4]와 같이 젖어있어 아름다웠어. 특히 목소리가 축음기 소리처럼 매끄러웠고 말야. 그래서 종로 3가의 소문난 미인이라는 별명도 붙었지. 여름이 되면 바이올린이나 통소를 든 남자들이 강아지처럼 줄

4) 보석의 일종. 원석의 모양이 말의 뇌수를 닮았다 하여 마노(瑪瑙)라고 함.

을 지어 그 집 앞을 왕래하곤 했어. 청혼을 하는 이도 두세 번 있었지만, 모두 거절했던 것 같아."

노파는 다시 자신의 이야기에 빠진 듯 이야기를 이어 나갔다.

오초가 인천으로 떠나기 전날, 노파는 모든 것을 알고 있으면서도 모른 척 그 집을 찾았다. 오초의 아버지는 부재중이었고, 어머니와 오초는 얇은 메린스 소재의 평상복을 입고 있었다.

"아주머니, 안녕히 계세요."

오초는 낮은 목소리로 말했다. 노파는 오초의 마음 어딘가에 숨겨진 슬픔을 들었다. 시마다마게로 크게 틀어 올린 머리, 그림에 그린 듯 여리한 옷깃에 묵직하게 늘어뜨린 머리, 그 모습이 너무도 아름다워 마치 하쓰하나히메(初花姬)처럼 느껴졌다.

연극을 좋아하는 노파는 실재의 인물에 대해 연극에 나오는 우라자토(浦里)와 닮았다던가, 누구는 산가쓰(三勝)와 꼭 닮았다는 식의 이야기를 곧잘 했기 때문에 오초도 자연히 하쓰하나히메처럼 보였으리라. 특히 내심으로는 '이 얼마나 착하고 예쁜 아이인지. 그리고 뭐, 이 정도로 예쁘다면 천오백원이나 이천원 정도로는 싸다. 어찌 해도 만원 정도는 받을 수 있을 것을. 결혼을 했다면 좋은 신부가 됐을 텐데.'라고 생각하며 세상이야기로 시간을 보내고 있었다.

"오초, 그 머리 정말로 잘 어울리는구나."

노파는 곰방대를 빨아들이고는 연기를 토하며 말했다.

"아주머니, 저 이 머리가 어울려요? 그렇구나."

오초는 쓸쓸한 얼굴로 되물었다. 노파는 무표정으로, 몇 번이고 후우-후우 답하고는 연기를 토했다.

× × × ×

이 얼마나 애처로운, 가련한 여자인가. 이보시오, 인천에 놀러 갈 일이 있다면 오초를 만나보십시오. 예명도 누각명도 모르지만 말입니다.

*『朝鮮及滿洲』 173호, 1922.4.

낙적정화(落籍情話)

—게이샤에서 여자로—

●

베니타니 교노스케(紅谷曉之助)

파란곡절(波瀾曲折)

기예배우에서 게이샤가 된 대만의 미타카(三孝)는…

육군 중장의 사생아였다.

아카사카의 밤이

요염한 목소리가 뒤섞이며 깊어가고 있었다.

"나으리… 네 나으리. 저 결국 임신을 하고 말았어요. 앞으로는 대체 어찌하면 좋을까요…"

"흐음. 내 아이를 가졌다는 말인가? 그거 참 축하할 일이군. 좋지 않은가, 내게는 남자아이는 있으나 여자 아이는 없으니, 태어나 주기만 한다면 오히려 감사하오. 하하하."

미기(美妓) △△은 수심을 걷어내고, 지금의 ×중장, 당시 청년장교의 무릎에 안기듯 기대어 눈물을 흘렸다. 그것은 정확히 20년 전의 일로, 서정적인 신이었다고 지금도 떠올려질 만큼 더할 나위 없이 좋은 장면이다. 요즘처럼 더운 날씨에 이런 애정이야기를 번번이 듣게 되는 것도 견딜 수가 없으나, 화제가 화제인지라 몇 가지 예로 끄집어낼 터이니 들어주길 바란다. —자, 강아지도 3개월이 지나면 어미 뱃속에서 세상으로 나온다. 하물며 10월 10일, 미기△△가 낳은 것은 아버지인 청년장교의 희망대로 옥과 같은 여자아이였다.

하지만 겨우 대위 정도의 신분으로는, 당시 조강지처와의 사이에서 얻은 세 명의 남자 아이와 숨겨진 딸을 돌보는 것은 어려웠다. 그 사이 온천 광고에 자주 나오는 산후병으로 △△은 사랑스러운 아이를 남겨둔 채 저세상으로 떠나고 말았다. 남겨진 아이가 지금의 미타카(三孝)로, 그 후 양모의 손에 거두어져 수양딸로 자라고 만다. 사생아는 불행한 존재이기에, 나쁜 방향으로만 움직이는 운명이라는 녀석은 그녀를 끝없이 불행하게 만들어 윤락의 큰 파도에 떨어뜨리려 한 것 같다—는 것만으로는 설명할 수 없는 운명이었다.

천체의 운행은 세월을 새기고, 세월은 사람에게 나이와 생장을 부여한다. 미타카의 운명에도 열세 살의 봄이 왔다. 남자라면 견습으로라도 일을 시켜 내쫓을 수 있지만, 여자라는 존재는 경제적으로 상당히 중요하다고 여겨졌으며, 돈이 되었다.

아니나 다를까 미타카는 올해 천승(天勝)이라는 여자 기예 극단으로 거금에 팔리고 말았다. 이제 겨우 세상의 선악을 알기 시작한 철없는 미타카에게, 마치 지금까지와는 완전히 다른 밝고 눈부신 마법의 세계가 펼쳐졌다. 엄격한 양모의 손에서—그것은 마치, 무거운 돌 아래에서 우는 귀뚜라미와 같았다.—갑자기 스포트라이트의 조명이 비추는 스테이지로 바뀐 것이다. 이곳에는 미묘한 서양음악과 마술들이 있었다. 아름답게 장식된 왕녀의 옷이나 천사의 날개옷이 쌓여 있었다. 아름답게 화장을 한 아주머니와 언니들이 오색찬란한 빛을 받으며 나비처럼 춤을 추거나, 한발의 권총소리와 함께 갑자기 사라지거나 나타나는 묘기로 관객들을 흥분시키고 있었다.

미타카는 살색 타이즈와 천으로 만든 신발을 신은 채 줄타기를 하고 물구나무서기를 해야 했다. 오페라곡도 외워야만 했다. 용머리 모양의 작은 빛을 목표로 흔들흔들 얇은 줄을 건널 때, 그녀는 수없이 눈물을 흘렸을 것이다.

파도처럼 많은 구경꾼 앞에서 스스로도 조마조마해가며 기예를 마치고 대기실로 돌아와 무심코 오늘도 무사했음을 안도하는 날도, 혹은 실수를 해서 혼이 나거나 지적을 받아 화장한 얼굴을 눈물로 망치는 날도 분명 많았으리라.

하지만 기예를 제대로 하지 않으면 식사도 할 수 없었기에 그녀는 목숨을 다해 열심히 했다. 도착하는 순회지마다 같은 기예를 반복하다 보면, 구경꾼 중에는 어린 여자아이의 몸으로 목숨을 건 위험한 재주를 업으로 하고 있는 소녀의 불행에 눈물을 삼키는 여성도 몇 명인가 있었을 것이다. 운명의 신은 눈물 위에 존재하는 것이니까.

1914년 여자는 천승에서 남부원산의 극단으로 팔아넘겨져, 보지도 알지도 못한 조선만주 순회공연에 나간 적이 있었다. 당시 극단의 부흥기를 경험한 사람들 중에는 아마도, 이 어린 소녀를 기억하고 있는 자가 있을지 모른다.

어느 해, 그녀는 경성에서 공연을 하게 되었는데, 자전거 줄타기라는 아슬아슬한 재주를 하던 중, 불행한 실수로 순식간에 높은 곳에서 떨어져 큰 부상을 입었고, 지금의 총독부병원 즉 당시 대한병원에 약 2개월 간 입원해 있었다. 그녀는 이후 그 무서운 날을 추억하며 이때의 이야기를 종종 하기도 했다. 그러나 지금에 와서 그 경성에 게이샤로 팔려 오리라고는 신도 그녀 자신도 알지 못했을 것이다.

유랑은 기예인의 운명이다. 그녀는 극단 사람들과 함께 이곳저곳을 전전하며 끝없이 표류하며 걸어야만 했다. 조선과 만주는 당연하고, 적모청안(赤毛青眼)의 남쪽 나라까지도.

미타카는 상처가 완치된 후, 단 한번 내지에 되돌아갔지만 그 사이 어찌된 일인지 다시 천승 극단에 합류되어 상하이(上海), 싱가폴, 홍콩 근방의 순회공연에 나가게 되었다. 홍콩에서 자바섬[1]에 도착했을 즈음에는 극단의 인기가 그다지 좋지 않았기 때문에 꽤 오랫동안 여관에 죽치고 앉아있을 수밖에 없었다. 장래를 내다본 극단 배우들은 한 명, 두 명씩 행방을 감추었다. 극단은 완전히 나락의 비운에 떨어지게 된 것이다.

어느 날 밤, 그 사라진 배우 중 한 남자가 찾아와 향수병에 걸려 있는 미타카를 꼬여내 조용히 도망을 쳤다. 그러나 그것은 남자의 무서운 악책(惡策)으로 미타카는 어느 섬의 추장에게 팔려가게 되었다. 인신매매선에 실려 짙은 안개에 쌓인 바다를 떠가는 그녀는, 이제 자신의 약한 힘으로는 도저히 도망칠 수 없을 불행한 운명에 눈물을 흘렸을 것이다. 여자는 역시나 연약한 존재였다. 타향이라고 해도 풍속, 습관부터 언어까지 완전히 다른 남양에 있

1) 인도네시아의 중심을 이루는 섬.

는 한 섬의 토인을 상대로 덧없는 일 년을 보내며 점점 더 본국을 그리워하던 즈음의 일이었다.

붉은 피처럼 퍼지는 노을이 마을의 야자수와 해안의 절벽, 그리고 파도의 물결을 새빨간 빛으로 물들여 마치 현세의 단말마와 같이 저물어 갈 무렵, 저 멀리 고국이 있을 수평선을 바라보고 있던 그녀의 시선에 생각지도 못한 고향 사람의 모습이 꿈처럼 나타났다.

"너는 일본여자인가? 어째서 이런 곳에 온 거지? 이유를 말 해 보게."

고무와 수피(樹皮) 사업을 하고 있다는 그리운 일본의 중년 남자는, 마치 심해에 빠뜨린 자신의 반지라도 찾은 듯이 강한 목소리로 물었다. 여자는 말하고 남자는 들었다.

그녀의 이야기에 동정을 느낀 남자가 어떠한 수단을 쓴 건지는 모르겠으나, 미타카와 함께 내지로 돌아가 도쿄의 양어머니와 만나게 하고 당분간 미타카를 돌보아주었다는 이야기는 사실임에 틀림없는 듯하다.

× × × × ×

이렇듯 유랑하는 반생을 가진 그녀는 그 후 충남 청주에 있는 요정에 나타나 그곳의 이름을 '미타카'라고 지었다. 미타카는 남양토인의 노래나 춤 솜씨가 매우 좋아서 많은 손님들의 호기심을 끌었고, 남자의 눈을 매혹시키는 매력이 있어 곧 큰 인기를 얻게 되었다.

밀가루에는 쌀벌레가 붙고, 여자에게는 남자가, 게이샤에게는 서방이 붙는 것은 고금의 법칙이다. 꽃도 질투할 만한 열여섯 소녀인 미타카를 독점하기 위해 온갖 수단을 동원한 자는 만주 수비중장 모 대위로, 피부는 약간 검은 편이지만 단정하고 좋은 느낌의 청년장교였다. 사랑은 천상천하의 극락도(極樂道), 서로를 사모하고 사랑하는 동안에는 아무런 분별도 사리도 있을 수 없었다. 그리고 하늘이 정한 법칙처럼 미타카가 19살이 된 해, 모 대위의 사생아를 낳았다. 그것이 지금 다이렌(大連)에 있는 여자아이로, 이내 부잣집으로 보내져 금이야 옥이야 키워지고 있는지 어떤지 알 수 없다.

하지만 또 다시 이상한 일이 일어났다. 미타카의 아버지인 중장이 오랫동안 딸아이의 행방을 찾다가 결국 경주에 있다는 사실을 확인하고, 그만두면 좋으련만 굳이 조선에 건너온 것이다.

미타카가 극단 사람들과 함께 방방 곳곳을 순회하고 있는 세월동안 중장의 아이들은 모두 죽고 말았다. 때문에 늙어가는 자신의 쓸쓸함과, 사랑하는 어린 자식을 두고 타계한 아카사카의 게이샤 아무개와의 과거를 회상하며, 문득 보고 싶어진 것이 아카사카의 아이 미타카였다.

미타카의 행방이 밝혀지자 늙은 장군은 기쁘지 않을 수 없었다. 너무도 기쁜 나머지 아무도 모르게 비공식 암행으로 경주에 와서는, 만나고 싶고 보고 싶었던 딸과 17년 만에 재회했다.

아버지인 중장의 감개는 어떠했을까. 긴 세월동안 만나고 싶고 보고 싶어 마음에 그려왔던 딸이 사나운 운명의 파도에 실려 지금은 가련한 어둠 속에 피는 백분(白粉)의 꽃이 되었으니. 비통한 감개가 솟아나는 것을 느꼈다. 하지만 아카사카의 미기(美妓)가 남긴 그 환영은 나락의 깊은 곳으로 잠겨가는 미타카의 얼굴에 여실히 남아 있었기에 장군은 다시 한 번 한 많은 그녀의 삶에 눈물을 흘렸다. 장군은 자신의 딸에게 되도록 도쿄로 돌아가기를 권했지만, 정조도 도덕도 잃어버린 미타카는 자기 스스로가 두려워 쉽게 고개를 끄덕일 수 없었다.

또한 미타카에게는 아이까지 낳은 ××대위라는 서방이 있었기 때문에 천군을 호령하는 장군이라 할지라도 사랑의 길에 관해서는 아무런 힘이 없었다. 그런데 운명의 신은 어지간히 장난을 좋아하는지, 어디의 누가 알아낸 것인지 몰라도 장군이 조선에 와 있다는 것이 누설되어 돌연 중장의 환영회가 열리게 되었다. 장군도 분명 깜짝 놀랐음에 틀림없다.

이 환영회의 발기자가 미타카의 서방인 수비대장이라니 이야기가 더더욱 재미있지 않은가. 회의 후에는 관례대로 연회장으로 자리를 옮겼다. 중장 역시 술잔을 들었는데 때때로 장군에게 술을 따르는 영광을 입었던 미타카가 사실은 중장의 사생아였다는 사실을 수비대장은 그로부터 꽤 시간이 지난 후에야 알게 되었다. 이후 수비대장이 미타카를 사모하는 방법이 격하게 열정적이었던 것은 아마도 그 때문일 것이다. 원래대로라면 중장의 따님이라 할 수 있는 몸이지만 이를 분명히 밝히지도 못하고, 서로 눈과 눈으로 말을 나누며 술잔을 따랐을 때의 마음이야말로 천만무경(千萬無竟)이었음을 이후 미타카가 경성에 온 이후의 추억담에서 짐작 할 수 있다.

그녀가 경성에 온 것은 지난해 10월경으로, 수비대장이 본처의 심한 잔소리 때문에 다이렌 쪽으로 전임을 하게 된 것도 그 원인 중 하나라고 한다. 하지만 사랑 때문이라면 후카쿠사(深草)지역의 소장조차도 백일 밤을 다녔다는 이야기처럼, 다이렌과 경성, 기차로 가면 천리도 하룻밤에 다녀 갈 수 있는 것이었다. 수비대장이 과연 홀로 도도이쓰(都都逸)[2] 같은 콧노래를 불렀는지 아니면 군가

식으로 '여기는 고향의 수백 리'를 부르며 왔는지 거기까지는 알 수 없으나, 어쨌든 번번히 와서는 사랑의 정을 안주로 술을 마셨다. 그리고 그동안 백 수 십 번 사랑의 열기가 다시 타올라, 마침내 미타카는 두 번째 잉태를 하게 되었고, 올해 6월 소사쿠(昌作)라는 남자 아이를 낳았다.

사실은 극히 비밀스러운 이야기이지만, 그 아이에 대해서도 수상한 풍설(風說)이 돌았다. 대위의 사생아가 아닐 것이라는, 완전히 산부인과에서나 알 법한 것을 말하는 녀석도 있었다. 하지만 이는 미타카 일생의 사랑이야기의 체면을 깎는 것이라는 의미에서 신의 판단에 맡기기로 하자.

그건 그렇고, 용산의 모 대대장은 도쿄에 있는 중장관하로부터 의뢰를 받아 안팎으로 미타카의 후견인 역할을 하고 있었는데, 미타카는 때때로 일신상의 상담을 위해 그를 찾아오곤 했다. 아버지인 중장은 만에 하나 사랑하는 딸 미타카가 게이샤 일을 그만두고 싶어한다거나, 중병에 걸리게 되면 즉시 데리고 와 적절한 조취를 취하고자 했기에, 그녀의 두 번째 아이를 동경에 데려와 키우고 있었다. 그런데 작년 말, 다카사고(高砂)지역의 게이샤들이 자신들 역시 육체노동자라고 주장하며 대단한 기세로 보이콧을 선언

2) 속요(俗謠)의 하나(가사(歌詞)는 7・7・7・5 조(調), 내용은 주로 남녀간의 애정에 관한 것임).

하고 자본가 즉, 우두머리와 대항한 사건이 있었다.

그때 당시 화가 치밀어 오른 미타카는 반은 자포자기의 심정으로 스스로 전란의 전선에 서서 자본가와 싸웠다. 하지만 이와 관련된 여러 풍문들이 생겨났다. '그 게이샤는 본디 남자를 저주하고 있으며, 게다가 요즈음 점점 히스테리가 심해지고 과음을 하기도 한다. 할 줄 아는 예라고 해봤자 오페라곡을 부르거나 바이올린을 켜는 것 정도 밖에 없는 주제에 건방지다던가 뭐라던가' 자본가 측에서도 지고 있지만은 않았다.

이것도 노자(勞資)쟁의가 한창일 때 일어난 일이다.

올해 4월 어느 봄밤 아사히초(旭町)의 모 요정에서 미타카는 자신을 만나기 위해 다이렌에서 찾아온 대위와 술을 왕창 마시다 사랑싸움을 하였다. 돌아가는 길에 차 안에서 미타카가 삼킨 것은 분명히 모르핀이었다. 큰일이다. 어쨌든 저택에 데리고 와 술로 게워내게 하고 응급처치를 했기에 목숨만은 살렸지만, 이 소식을 입수한 경찰의 귀는 민첩하게 움직였다.

모르핀은 어디에서 난 것일까? 그녀가 결국 용산에서 구했다고 자백하면서 우선 사건은 유야무야 사라졌지만, 당시에는 뱃속 아이를 낙태시키기 위해 복용한 것은 아닌가 하는 소문으로 당시 화류계에서는 모이기만 하면 말이 많았다.

하지만 지금은 귀여운 아들 소사쿠의 엄마로서 휴업 중. 참으로 다난한 운명의 여자이다.

*『朝鮮及滿洲』 177호, 1922.8.

‖ 창작 ‖

자살자의 수기

●

다카기 산타로(多加木三太郎)

자살자의 수기는 그가 자살을 하게 된 원인인 한 여자에 대한 이야기로 시작된다.

방으로 올라온 여자는

“게이샤라도 부를까요?”라고 물었다.

그때, 나는 정말로 어찌할 바를 몰랐다. 여행지에서까지 잠을 못 이루고 그저 공복감을 느껴 여기까지 온 것이었지만, 그렇게 말하는 것도 변명 같아 말하기가 탐탁지 않았다. 적어도 사실을 말해 이곳을 빠져나갈 만한 용기는 내게 없었던 것이다.

이미 나는 올라와 있다. 올라와버린 이상, 그리고 변명을 하고 돌아갈 용기가 없는 이상, 여자가 말한 대로 한두 명의 게이샤를 불러야 한다. 나는 그 당시 인생의 반을 살아온 남자이긴 했으나, 홀로 게이샤를 불러 본 경험은 한 번도 없었다.

"어떻게 부르는 거지?"

이조차도 나에게는 까다로운 고통이 되었다. 하지만 다음 순간

"누군가 부르죠."

라고 말하는 여자의 목소리를 들었다.

여자가 일어나 나가는 뒷모습을 바라보며 나는 이상한 기대로 가슴이 뛰었다. 일종의 수치와 공포로 인한 가슴의 고동을 들으며 여자가 오는 것을 기다렸다.

나는 생각한다. 그때 내가 게이샤도 부르지 않고 그대로 돌아왔다면, 나의 생애에 또는 운명에 조금의 변화도 없었을 것이다. 그리고 히카리(お光)라는 여자는 나와 아무런 상관이 없는 보통의 여자였을 것이며, 나 역시 그녀의 존재조차도 모른 채 살아갔을 것이다.

자신이 남자고 여자고 간에, 장래 자신의 배우자가 될 사람이 이 세상 어딘가에서 자신과 마찬가지로 살아가며 현재 어딘가에서 그날그날을 생활하고 있을 것을 생각하면, 누구라도 운명의 신비한 힘을 느낄 것임에 틀림없다.

'내가 그때, 게이샤를 부르지 않았더라면. 아니 게이샤를 부르

더라도, 히카리만 부르지 않았더라면.'

나는 다시 그렇게 생각한다. 그러나 그 생각은 터무니없이 나를 과거로 되돌아오도록 한다. 그리고 이것 역시 운명이다. 무언가의 운명인 것이라고 생각하게 되는 것이다. 그날 밤 나는 처음으로 그녀를 보았다.

그녀를 만난 후 내가 가지고 있던 나의 미래는 돌연 파괴되고 말았다. 그리고 나는 히카리의 존재를 전재로 하여 새로운 미래를 그려냈다.

마치 히카리가 없는 나의 미래는 하등의 가치가 없는 것처럼, 나는 자신의 모든 것을 던져 그녀를 사랑했다. 어쩌면 사랑을 비웃는 사람은 사람이 태어나 이 세상에서 해야 할 어떠한 의의도 알지 못하는 사람인 것은 아닐까.

이 같은 사람들은 사랑이라는 인간의 감정도 비웃어야 하는 것 아닌가.

감정 작용을 고조시키는 연애를 비웃는 것은 인간이라는 존재를 비웃는 것은 아닌가. 이는 실로 자신 역시 인간으로 태어났으면서도 인간이라는 존재를 비웃는 것이 아닌가.

히카리는 갸름한 얼굴에 창백하고 수수한 얼굴을 하고 있었다.

대체로 차분하고 생각에 잠겨있는 듯한 조용한 여자인 듯 보였다.

하지만 그것은 그녀의 한쪽 면에 불과하다. 지금 무언가를 생각하고 있는 듯 보여도, 곧 다시 어린아이처럼 재잘거리기 시작한다.

그날 밤 나는 그저 얌전하고 어른스러운 그녀만을 보았다. 그리고 나는 스스로 나의 평생을 약속하고 말았다. 처음 만난 그녀에게 약속을— 나는 돌아갈 때에 그녀의 귀에 입술을 가까이 대고 속삭였다.

"지금 한 말 알겠나?"

"네 알았어요."

그녀는 큰길까지 나와 나를 배웅했다. 하늘은 어둡게 잔뜩 흐려 있었다.

다음날은 아침부터 눈이 내렸다.

나는 오늘 이곳을 떠나야만 했지만, 마루에 들어선 채로 담배를 피우고 있자니 지난밤의 일이 떠올랐다. 히카리의 얼굴이 떠오른다. 히카리를 생각하는 것이 왠지 사람들에게 알려지면 안 될 것만 같았다.

말할 것도 없이 나는 사람을 피해야만 할 것 같은 기분에 사로잡혀 버렸다. 나는 히카리를 사랑했다. 그러나 곧, 어째서 약속 따위를 했는가 하는 생각이 들었다. 그것은 그녀가 게이샤이기 때문일 것이다. 히카리가 게이샤이기 때문에. 나의 지인들에게 어쩐지 히카리를 좋아하는 것을 용서받을 수 없을 것만 같았다. 그렇다고 해서 내가 히카리를 잊을 수 있을까. 생각만으로도 몹시 괴로운 일이었다. 어쨌든 나는 히카리를 얻을 수 있다면 행복하다. 단지 그녀를 사랑할 수만 있다면 그걸로 충분하다. 게다가 인간은 자유다.

인간은 자유로운 존재인 까닭에 연애에 대해서도 자유롭다.

'자유로운 연애' '자유로운 생활' '자유로운 인간'

그런데 내가 히카리를 사랑하는 것처럼. 그녀 또한 나를 사랑하는 것일까 하는 커다란 의문이 솟아난다. 히카리가 진실로 나를 사랑하는가. 사랑하지 않는가에 따라 이 불안의 해결이 합리적으로 결정될 수 있는 것이기에. 또한 만약 그녀가 나를 사랑하지 않는다 하더라도 나는 히카리를 잊을 수는 없을 것만 같다.

행복한 생활은 서로가 사랑함으로써 얻어질 수 있는 것이니까.

나는 냉정하게 생각해야만 한다. 히카리가 나를 사랑하지 않으나 이해적으로 계산하여 나와 함께 하기로 약속한 것이라면, 지금 약속을 취소해야만 한다. 그러한 마음으로 함께 하게 된 것이라면 분명 불행한 삶으로 평생을 보낼 수밖에 없으니. 헤어지려거든 지금—

하지만 내가 그녀와 헤어지고 난 후 일어날 고뇌를 감당할 수 있을지… 그것은 견딜 수 없이 나를 번민의 구렁텅이에 가라앉게 하는 문제였다.

오전 중에 히카리에게서 전화가 왔다.

그날 나는 이곳을 떠나야 한다는 사실 따위는 생각나지도 않았다. 오후가 되자 눈은 그쳤다. 하늘은 활짝 개어 태양 빛은 눈부시게 빛났다. 그날 밤도 나는 히카리가 있는 곳으로 갔다. 히카리는 지난밤과는 달리 맑게 갠 얼굴을 하고 있었다. 창백해 보이던 얼굴 어디에도 그러한 그늘 없이 양 볼에 홍조를 띠며 특히나 아름다웠다. 옅은 파란색의 가노코시보리 무늬 옷깃이, 조금 수수할 법도 한 비백무늬 아래에 빛깔 좋게 조화되어 옷깃 사이에서 드러난 가슴과 하얀 목이 그것을 보다 선명하게 보이도록 했다. 히카리는 결코 경박스러운 곳이 없었다. 그러나 때로는 침울해 있는가 싶다가도, 홱 변하여 신이 나 재잘거리기 시작한다. 대체로 과묵한 성격이었지만 때때로 말을 많이 하기도 했다.

그리고 가끔 일어나 입술에 손을 대며 '홋홋홋호'라며 이상한 소리는 내기도 하였다. 어떤 때에는 히카리의 이러한 웃음, 아니 이상한 소리가 나를 비웃는 것처럼 들렸다.

또한 종종 그녀는 마치 무언가 꼭 기쁜 일에 도취된 것만 같기도 했다.

지난 밤, 나를 안내 해 주었던 여자가 올라 왔다.

"사요씨 한잔"라며 히카리가 술을 따랐다.

"어젯밤, 꽤나 마셨더라고."

사요씨는, 고개를 끄덕이며 히카리가 건 낸 컵을 손으로 흔들며

"이제 오늘 밤, 어머ㅡ 안돼."

라고 말하고는 웃었다. 나는 사요씨가 어떤 사람인지 알지 못했다. 조추 같기도 하고 어떤 때에는 주부처럼 보이기도 했다. 그녀는 의외로 상당한 지식을 가지고 있었다. 특히 음악을 좋아하는 듯하여 나도 모르는 악기의 이름을 알고 있었다. 그리고 더없이 또랑또랑한 목소리로 거침없이 이야기했다.

아요씨는 샤미센은 물론 다른 것에도 히카리보다 능숙하였다. 그리고 남자처럼 활발하게 몸을 흔들며 춤을 추었다.

실제로 그녀는 남자처럼 키가 크고 남자처럼 몸이 튼튼했다. 또한 거침없이 이야기 하는 그 단어도 가끔 남자 같았고 '앗하하'하고 웃는 모습도 남성스러웠다.

사요씨는 대체로 히카리와는 정반대의 성격을 갖고 있는 듯 보였다. 쾌활한 그녀는 술도 매우 많이 마셨다.

나는 지금껏 이러한 성격의 여자를 본 적이 없었다. 우리 둘 사이에 사요씨가 들어오면 갑자기 왁자지껄해졌다.

히카리가 사요씨와 이야기를 할 때에는 동북지역 방언이 그대로 드러났다. 때때로 두 사람의 이야기소리는 나의 귀를, 무언가 알아들을 수 없는 목소리로 빠르게 지나갔다.

"어머, 어젯밤은 꽤 취했어요."

라고 사요씨가 말했다. 그리고 내 쪽으로 얼굴을 향하며

"당신이 왔을 때에는, 이미 완전히 쓰러질 것 같았다고요."

라고 말하며 웃는다.

사요씨가 연주하는 샤미센 소리가 방안에 울려 퍼진다. 노래를 부르는 사요씨의 목소리는 맑게 울리는 것처럼 아주 듣기 좋았다. 사요씨는 게이샤는 아니지만 분명 히카리보다 좋은 솜씨를 가졌다고 새삼 감탄하였다.

지난밤 늦게까지 술을 마신 탓인지 오늘은 머리가 아프다. 내가 히카리를 사모하면 사모할수록, 나의 몸이 작아지는 것 같았다. 오늘 아침 역시 멍하게 마루에 들어선 채로 히카리를 생각했다. 어째서 히카리를 그리워하면 세상이 좁아져 가는 것일까. 히카리를 사모하는 것은 나쁜 일인 것인가. 히카리를 사랑하는 것은 나쁜 일인 것인가. 히카리를 아내로 맞이하는 것은 불가능한 일인가. 인간은 자유로워야 하는 것 아닌가.

그렇지만 나는 아버지를 거역하지 않고서는 히카리를 사랑할 수 없다. 나의 형제들도 마음이 편치 않을 것이 분명하다. 친구들은 나의 뒤에서 조소를 보낼 것이다. 나는 그것을 각오 할 수 있는 것일까.

이토록 나는 히카리를 사모하고 있다.

'히카리를 버릴 수 없다'고 생각하자, 아버지께 등을 돌리고 형제를 버리고 친구들의 조소도 각오해야만 하는 이 몸이 참혹하게 느껴져 한없이 흐르는 눈물을 어찌할 수 없었다.

그렇지만 결코 나는 잘못된 것은 아니다. 나는 인간이며 나의 감정을 가지고 있기에, 그렇기에 내가 사랑을 하는 것이다. 무엇이 잘못이란 말인가.

내가 히카리를 얻었다고 해서 아버지께 불효한 자식이 되는 것은 아니다. 히카리를 얻는 것을 아버지가 반대하기 때문에 나는 불효한 자식이 되는 것이다. 아버지가 반대하지 않는다면 나는 불효자가 아니다. 내가 해야 할 바의 사실은 하나이다. 그리고 그것은, 아버지의 생각 하나로 내가 불효자도 효자도 될 수도 있는 것이다. 하지만 또한 나와 히카리의 사이는 그녀가 나를 사랑하고 내가 그녀를 사랑하는 이상, 그 누구도 갈라놓을 수는 없을 것이다.

오후 무렵, 히카리가 나의 숙소로 찾아왔다.

오늘 그녀는 창백한 얼굴을 하고 있다.

"지금 나가겠소."

지난밤 히카리와 헤어질 때, 오늘 날씨가 좋거든 폭포에 놀러가기로 약속한 것이 떠올랐다.

창문을 열고 하늘을 보니 약간 눈이 내리고 있다. 때때로 눈 사이로 햇빛이 비쳤지만 차가운 바람이 꽤나 강하게 불고 있었다.

"이제 가지"

라고 내가 말하자, 히카리는, 창문에 기대어

"괜한 돈만 들 거예요."

라고 작은 목소리로 말한다.

나는 대답도 하지 않은 채, 벌써 오늘로 이틀씩이나 더 오래 이 지역에 머물고 있다는 사실과 우연히 히카리라는 이 여자와 만나 앞으로의 미래가 어떻게 변화할 것인가에 대한 의문, 자신이 한 여자에게 사로잡혀 사내답지 못하게 질질 끌려가는 것만 같다는 생각이 들어 감상적인 기분에 사로잡히고 말았다.

해질 녘 나는 자신의 집으로 돌아가지 않고 히카리와 함께 그대로 그녀의 집으로 향했다.

봄이란 건 이름뿐, 으스스 추운 바람이 저녁 무렵 마을을 쓸쓸하게 감싸고 있다. 나는 그녀의 집에 도착하자 바로 욕조로 뛰어 들어갔다. 조추는 우리가 돌아올 것을 기다리고 있었다.

욕조에서 나오자 이층의 두 개의 방문이 활짝 열려있었고 탁자 위에는 맥주와 사이다가 가지런히 놓여 있었다.

화로에 묻어 놓은 숯불의 새빨간 불길은 기분 좋게 활활 타오른다. 전등이 켜졌다.

사요씨가 올라왔다.

"어떠셨어요?"

"너무 추워서."

"많이 추웠지요, 오늘은."

통통, 하지만 가벼운 발소리가 나며 히카리가 올라왔다. 오늘밤도 그녀는 특별한 기모노를 입고 있다. 목욕을 하고 나온 모습으로, 언제나 창백한 얼굴색이 오늘밤은 특히나 잘 보였다.

"한잔 주세요."

히카리가 말했다. 지금껏 히카리가 스스로 나서 술은 마시는 일은 없었다.

"이상한 일이군."

내가 말하자

"그러게요."

그녀는 턱을 조금 움직여, 사요씨 쪽을 향해

"저 오늘은 많이 마실 거예요."

라고 말하였다.

"이상한 일이네, 잘 마시지도 못하면서."

사요씨는 마치 자신의 딸을 대하듯이 상냥한 눈으로 쳐다보았다.

"좋아."

"좋긴 한데, 그렇게 마실 수 있겠어?"

라고 내가 말하자 거기에는 대답도 하지 않은 채 맥주를 입에 대고는 눈을 감고 단숨에 잔을 비우고 말았다.

나도 사요씨도 그녀의 이런 모습을 바라보고 있었다.

"꽤 기세가 좋은걸."

사요씨가 말한다.

히카리가 아래로 내려간 후 내가 사요씨에게

"항상 저렇게 마시나?"

하고 묻자

"아니요, 이 가게는 좀처럼 엄해서요. 좋아하더라도 마실 수 없어요. 게다가 저 아이는 다른 사람이 줘도 좀처럼 마시지 않아요."

"하아, 당신은 꽤나 마시지?"

"네 한 병 정도는요."

"정말 대단하군."

"자, 마셔볼까요."

사요씨는 웃으며 맥주를 가지러 일어섰다. 교대하여 히카리가 들어왔다.

"무슨 일이야?"

"아무 일도 아니에요."

"하지만 오늘밤, 너무 많이 마시고 있잖아."

그녀는 수줍은 듯 웃음을 지으며 말이 없었다.

눈이 떠졌다. 전등은 꺼지고 덧문 사이로 새어 나오는 태양 광선이 조금은 어두운 방 안에 감돌았다.

머리가 멍해져 이상한 아픔을 느낀다. 나의 곁에서 잠들어 있는 것은 히카리이다. 청동색의 베개를 덮은 흐트러진 머리카락은 얼굴에 흐르고 있다. 얼굴색은 놀라울 정도로 하얗다. 푸른 기가 도는 그 색은 조금의 혈기도 없는 듯 어둑한 방 안에서 돋보였다. 두 개의 기다란 눈썹이 그린 듯 가지런하다. 눈은 가볍게 감겨 있고, 입술은 그 역시 조금의 핏기도 없는 것처럼 보였다. 귀를 기울이자 희미하게 그녀의 호흡소리가 들릴 듯 말 듯 들려왔다.

나는 머리가 욱신욱신 아파왔고, 게다가 바깥 공기마저 고요하여 이대로 있자니 우울해 질 것만 같았다.

지난밤은 무엇을 한 것인가? 나는 뜻하지 않게 히카리의 집에서 밤을 보낸 것이다. 참회의 쓸쓸함이 가슴에 달라붙어 일어난다. 잡을 수 없는 쓸쓸함이다. 그리고 어찌할 도리가 없는 비애이다. 무엇을 생각하고 무엇을 느꼈는지 나는 알지 못한다. 그치지 않는 뜨거운 눈물이 내 볼을 타고 흐른다.

"당신, 울고 있는 거예요?"

갑자기 히카리가 목소리가 들렸다. 내가 뒤돌아보자 급히 이불을 자신의 머리까지 뒤집어썼다.

"왜 그래"

라고 내가 말하자, 다시 두 눈만 이불 사이로 내어 쓸쓸히 미소 지으며 힘없는 목소리로

"눈물이 나오고 있는걸요."

하고 말하는 것이다.

"아무도 울지 않았어."라고 말하며 나도 쓸쓸히 웃었다.

히카리도 울고 있었던 것이다. 그녀가 이쪽을 바라볼 때 눈은 눈물에 젖어있는 듯했다.

"미안해요."

그녀는 쑥스러운 듯 이렇게 말하고 다시 급히 이불을 뒤집어썼

다. 잠시 뒤, 나는 그녀의 흐느껴 우는 소리를 분명하게 들었다.

"어째서 우는 거야."

나는 그렇게 말하며 이마까지 뒤집어 쓴 이불을 집어내려 히카리의 얼굴을 보았다. 눈물이 볼을 타고 흘러 베갯잇에 스며든 모습이 애처로워 보였다.

"왜 그렇게 우는 거야."

그녀는 한층 더 흐느껴 울었다.

나는 이유를 알 수 없게 되어 버렸다. 반듯이 누운 채로 하카리의 흐느낌을 듣고 있었다. 인생의 쓸쓸함이 가슴에 붙어 일어났다. 나는 히카리를 사모하는 것을 최대의 행복으로 하고 있었다.

모든 것을 버리고 히카리를 사랑하고자 해왔다. 하지만 지금 불과 한순간, 히카리도 나 자신도 아버지나 형제도 친구도 모두, 모든 것이 허무의 눈에 둘러싸인 듯하였다. 어째서? 어째서인지 나는 알지 못한다. 인간의 성욕이—남녀의 성욕이— 저마다의 삶에 어떠한 감정 작용을 일으키는 것인가. 인생의 모든 것이 감정이며, 감정이 인생에 어떠한 그림자를 던지는가를 나는 히카리의 울음소리를 들으면서 생각했다.

"이제 그만 울어."

나는 베개 아래에 있던 히카리의 손수건을 집어 그녀의 눈물을 닦아주었다.

방안은 덧문이 닫혀 있는 탓에 어둑했지만, 태양은 이미 상당히 높이 떠 있는 듯했다.

나는 일어나, 하지만 다시 배를 깔고 엎드려 베개 아래의 담뱃갑을 끌어당겼다.

히카리는 입을 다문 채 아무런 움직임도 없었다.

내가 이불을 들쳐 그녀의 얼굴을 들여다보자, 그녀는 부끄러움을 참을 수 없다는 듯이 이불을 머리끝까지 뒤집어썼다. 그리고 그 눈동자는 조금 전의 눈물에 젖어있었지만 웃고 있는 듯 했다. 나는 히카리의 이마에 입을 맞췄다.

히카리는 역시나 아무런 움직임이 없었다. 미소 짓던 얼굴도 그대로였다.

"당신, 언제 돌아가시는 거예요?"

갑자기 히카리가 물었다.

"아무리 오래 계셔도 충분하지 않아요. 하지만 앞으로 2-3일은 더 계셔 주세요."

히카리의 목소리는 매우 작아서 사라져갈 듯이 들렸다. 가냘픈 목소리가 쓸쓸하고 힘없이 들려온다. 히카리의 말을 듣고 있자니 나도 쓸쓸해진다.

하지만 히카리가 말한 것처럼 아무리 오래 머물러도 부족함에 틀림없다. 충분치 않음에 틀림없지만, 적어도 2-3일은 더 있고 싶다. 만약 날짜가 부족하다면 다른 지방의 여행을 취소하고 이곳에서 바로 돌아가면 될 일이다.

"며칠이라도 있을 거요."

나는 대답했다.

"그렇지만, 그렇게 오래 계신다 해도 부족하겠지요."

그날 나는 오전 내내 히카리와 함께 그녀의 집 뒤에 있는 별채에서 시간을 보냈다. 숙소에 돌아오자 숙소의 조추가, 살피는 듯한 눈초리로 나를 보았다. 사람 좋은 주인의 눈동자와 미소 역시 나를 조소하고 있는 것처럼 느껴졌다.

방에 들어오자 멍해지고 말았다. 히카리 생각이 조금도 머릿속에서 떠나지 않는다. 나는 조추에게 잠자리를 부탁한 채 잠들고 말았다. 눈을 떴을 때에는 황혼의 어두움이 점점 밀려 올 즈음이었다.

목욕을 하고 있자니 그곳의 창문을 통해 봄날의 달을 품은 하늘이 보였다. 눈이 아직 남아있는 먼 산들도 보였다. 무수한 새들의 일군이 소란스럽게 울며 사라지는 것도 보였다. 여기저기 전기불이 켜지자 나는 다시 한 번 가만히 있을 수 없었다. 오늘밤도 다시 히카리가 있는 곳으로 가기로 결심하고 말았다. 어차피 돌아가게 되면 갈 수 없기 때문에.

내가 쓸쓸한 마음으로 그런 것들을 생각하고 있을 때 느닷없이 내 방으로 히카리가 찾아왔다.

"어쩐 일이야."

"놀러 왔어요."

"손님은 있었어?"

"네, 있었어요."

"왜 나온 거야."

"그렇지만…"

히카리는 그렇게 말하고선 입을 다물고 말았다. 고개를 숙인 얼굴에서 뚝 하고 떨어지는 눈물을 나는 보았다.

"또 울고 있는 거야?"

내가 말하자 얼굴을 들며 급히 미소 지어 보인다.

"자주 우는군."

나도 웃으며 말했다.

"너무 울지 마. 울 일도 아니잖아."

"네, 아니에요."

이번에는 분명한 목소리로 대답했다.

"이제 울지 않을 거예요."

라고 히카리는 농담하는 듯한 얼굴 표정을 짓는다.

"그런데, 손님이 있다며 여기에 계속 있어도 되는 건가?"

"네, 괜찮아요."

히카리는 그렇게 말하고는 내 앞에 있는 책상 건너편에 앉아 나의 만년필을 집어 들어 원고용지에 자신의 본명을 휘갈겨 적었다. 그러고는 내 얼굴과 그 글자를 번갈아 바라보며

"당신, 이게 무언지 알겠어요?"

라고 물었다.

"×××× 아닌가."

라고 내가 말하자

"맞아요."

라고 대답했다.

"그게 어쨌다는 거지?"

"이게 말이죠, 저의…"

"그래, 아ㅡ, 처음이군. 깜빡 잊고 있었어. ××라. 정말 좋은 이름이야."

"좋지 않아요."

"아니, 좋아."

"그건 그렇고, 당신 언제 돌아가시는 거죠? 너무 오랫동안 있으면 안 되는 거죠?"

"안 될 건 없지만 앞으로 2-3일은 더 있을까 해."

"이제 이곳에 용무는 없는 건가요? 모두 돌아갔어요."

"폭포를 보러 온 것 아니었나?"

"×× 폭포 말인가요?"

"그래."

"아 그런 걸 일부러 보러 오신 건가요?"

"하지만 그게 말이지, 크기는 좀 작지만 동양의 ×××라고 불린다더군. 사실 모양이 많이 닮기도 했지."

"그래요? 저는 여기에 살면서도 전혀 몰랐어요."

"멍청이라서 그래."

나는 웃었다.

숙소의 조추가 올라왔다. 전화가 왔다고 한다. 나는 히카리를 방에 남겨두고 방을 나왔다.

방으로 돌아오자 히카리가 걱정스러운 모습으로 내 얼굴을 바라보았다.

"무슨 전화였어요?"

"머니."

"머니가 뭐에요?"

"이거."

그렇게 말하며 나는 엄지와 검지로 동그란 원을 만들어 보였다.

"누가요?"

"누구라도 상관없어. 이제 열흘 정도 더 있을 수 있어."

"그렇게, 오래 있을 예정이에요?"

히카리도 기쁜 표정으로 눈이 휘둥그레졌다.

"있을 수 있는 만큼 있을게."

"하지만, 언제까지 계시던 마찬가지죠. 언젠가, 당신은 돌아가시겠지요."

히카리는 내 쪽에 있는 화로 가까이 다가오며 갑자기 진지한 얼굴로 이렇게 말했다.

그로부터 얼마 동안 우리는 침묵하고 말았다.

그녀는 조그만 소리로 뭔가 아이들이 부를 만한 노래를 부르고 있었다. 적적함이 방 안을 떠돌고 있다.

"어떻게 할 거지? 돌아가지 않을 건가?"

내가 문득 생각난 듯 말하자, 그녀는 갑자기 노래를 멈추고 나의 얼굴을 바라보았다. 그리고 애교를 부리듯 그 갸름한 얼굴을 기울이며 말하였다.

"지금 가게로 가지 않을래요?"

"손님이 있는 것 아니었나?"

이상하여 물으니, 조금 눈썹을 찡그리며

"있어요."

라고 말한다.

"하지만 괜찮아요. 나 좋을 대로 할 거예요. 그리고 함께 가요."

다시 이렇게 말하며 그녀는 나의 얼굴을 보았다. 이번에는 어쩐지 쑥스러운 듯 바라보는 것 같았다.

나도 어느새 히카리에게 끌리고 말았다.

히카리가 이성적인 사람인지 정열적인 사람인지 나는 알지 못한다. ―그러나 그녀가 '하지만 괜찮아요.'라고 말한 순간, 나는 히카리의 또 다른 면, 간과할 수 없는 어떠한 강력한 결단을 보았다. 나는 매우 짧은 순간이었지만 가냘프고 온순한 히카리의 얼굴에 완강하지만 다소 이성을 잃어버린 듯한 자포자기의 심정으로, 정열에 사로잡힌 표정이 떠오르는 것을 보았다. 나는 히카리의 그러한 모습에 끌린 것일까?

사랑은 대담한 것일까, 사랑은 광렬(狂熱)한 것일까?

하지만 그녀가―손님이 있음에도 불구하고―내가 있는 곳으로 왔고, 나와 함께 그녀의 손님이 있다는 그녀의 집에 간다는 것은 이처럼 히카리가 강력한 결단을 내릴 정도로 중대한 일인 것일까.

내가 사랑하는 히카리가 '괜찮아요.'라 말한다. 그리고 '함께 가요.'라 말한 것만으로 나 역시 그런 기분이 되었다.

하지만 나는 어쩌면 그녀가 이곳에 옴으로써 그녀를 기다리고 있을지도 모를 그 손님에 대해 상생해 보았다. 어떤 얼굴일까. 그리고 연배는 어느 정도 되었을까. 어떠한 직업을 가진 사람일까. 그러다 어쩌면 가르마를 타고 깨끗한 검은색 하오리(羽織)[1]를 입은 사람일지도 모른다는 생각이 들었다. 그러나 이는 부질없는 것이다.

그리고는 또 다시, 나는 그녀에게 또 다른 친밀한 사람이 있는 것은 아닌가 하는 생각이 들었다. "무슨 생각을 하시는 거예요?"라고 그녀가 말했다.

그 사이, 히카리 역시 화로의 부젓가락을 휘저으며, 무언가를 생각하고 있었던 것이다.

"손님은 어떤 사람이야?"

"서른 살 쯤 된 사람이에요."

"어디 사람이지?"

"이 마을 사람이에요. ×마을에 커다란 약국이 있지요, 그 집 아

---

1) 기모노 위에 입는 짧은 겉옷.

들이에요."

"항상 오는 사람?"

"네, 자주 와요."

"당신을 좋아하는 사람인가 보군."

라고 말하자 갑자기 히카리의 얼굴이 어두워졌다.

그녀는 눈동자 가득 눈물을 머금은 채 나를 올려다보았다.

나는 농담인 척 말 했지만, 사실은 그 약국 아들이라는 히카리의 손님에게 질투를 품고 있었다.

히카리는 원망하듯 나를 바라보며 힘없는 목소리로 말했다.

"당신 정말, 마음을 헤아릴 줄 모르는 군요."

"왜 그래."

"그런 말을 해도 괜찮은 거예요? 당신은 제 마음을 모르군요. 저, 당신이 만약 무정하게 하시면 전 못 살아요."

나는 너무나도 진지한 히카리의 표정에 감동하고 말았다. 고개 숙인 히카리의 목 언저리에서 옷깃을 따라 가만히 바라보고 있자니, 눈물이 한없이 떨어진다.

내가 사랑하는 히카리 역시 나를 사모하고 있었다. 내가 그녀를 사모하듯, 그녀 역시 나를 사모하고 있었던 것이다.

생각했던 대로 약국집 아들은 히카리를 기다리고 있었다. 어제 폭포를 보러 갈 때 우리와 함께 갔던 히카리 집의 작은 여자아이가 히카리를 찾아왔다.

여자아이는 내가 어려운 듯 머뭇머뭇 하였다.

"부엌에서 온거니?"

라고 히카리가 묻자, 그 여자 아이는 "네"라고 대답했다.

히카리는 내 쪽을 바라보면 눈으로 웃었다.

"어서 돌아오라고 하시던?"

이라고 히카리가 다시 물어보았다. 여자아이는 역시나 "응"하고 고개를 끄덕이며

"손님이 기다리고 계시니 어서 돌아오라고."라고 말했다.

"누가?"

히카리가 되묻자

"사요네—씨가"라고 대답한다. 그 여자아이는 시종 양손으로 자신의 앞치마를 만지작거리며 때때로 내 쪽을 훔쳐보곤 했다.

히카리는 일어나 내 쪽을 바라보며

"잠시만 기다려 주세요."

라고 말하고는 여자아이와 함께 나가려 했다.

"오늘 밤, 이제 안 올 건가?"

내가 묻자
"아니요. 잠깐만, 금방 올 테니 기다려 주세요."
라고, 그렇게 말하고는 나갔다.

그로부터 이십분 정도 지나 히카리는 나를 부르러 왔다. 밤은 그리 깊어지지 않았지만 뒷골목의 집은 대부분 문은 내리고 있었다. 나는 히카리와 둘이 그녀의 집 뒤쪽의 쪽문을 통해 어렵게 들어갔다.

히카리는 그곳에 나를 홀로 둔 채 나갔다.

잠시 뒤 조추가 화로를 들고 왔다. 그리고 사요씨가 맥주를 가져왔다.

그녀는 새빨간 얼굴을 하고 있었다.

"손님은 아직 있는 건가?"

"네."

사요씨는 살짝 금니를 보이며
"지금 그 사람 가니까, 조금만 기다려 주세요. 곧 이에요."
라고 말했다.

한 시간이 되도록 히카리는 얼굴을 보이지 않았다. 지난 밤 내가 묵었던 이층에서 그 손님은 술을 마시고 있는 듯 했다. 히카리가 연주하는 샤미센 소리와 섞여 때때로 그 손님의 노랫소리가 귀에 들려온다.

"여기에 몇 명의 게이샤가 있는 거지?"

"저 아이까지 해서 네 명이 있어요."

"꽤 오래전부터 여기에 있었나?"

"아니요, 딱 일 년 정도 됐어요."

"기예도 상당히 제대로 하는 것 같군."

"네, 이 마을에서는 꽤나 능숙한 편이에요."

"그대도 상당한 실력 아닌가."

하고 말하자, 사요씨는 씽긋 웃고 만다.

"아니, 진심으로 하는 말일세."

라고 내가 말하자,

"농담이시죠."

라고 답하며 담배 연기를 후우 뱉어낸다.

"나이는 몇 살이지?"

"올해로 꽉 찬"

"몇 살? 스물?"

"네, 맞아요."

"그대는 스물 둘 셋이라고 하지 않았나."

"언제요?"

"내가 여기 온 날 밤."

"아–, 그건, 다른 아이 이야기였어요."

"그대는 몇 살인 거지?"

"저따위, 이제 틀렸어요. 아이가 있는 걸요."

"이런, 아이가 있는가."

"네, 어제 폭포를 보러 가실 때 데려가신 그 아이예요."

"아, 그렇군."

나는 처음으로 사요씨의 신변에 대해 알게 되었다. 사요씨는 이 집의 양녀로, 남편은 북해도로 간지 벌써 삼년이 되었다고 했다. 사요씨는 술에 취해서인지 남편의 험담을 종종 했다.

"우리 바깥양반은 기개가 없어서 틀려먹었어요."

"저는 어느 쪽이냐 하면, 당신처럼 서양서도 읽을 수 있는 사람이 좋아요."

사요씨는 웃으며 말하고 있었지만, 나는 심하게 흥분한 듯한 그녀의 입가를 보며 이상한 생각이 들었다. 누구나가 평탄한 마음을 가지고 있는 것은 아니다. 여기에도 불행한 여자가 있다. 인생은 파란이라고 했던 '헨릭 입센'의 말을 나는 되뇌어 보았다.

사실, 그것은 파란이라고 생각한다. 지금 그녀가 살아가기 위한 목적이 되는 것은 무엇일까. 그녀의 남성스러우면서도 더없이 연약한 여성스러운 성격으로 인해, 그녀는 남편이 아닌 다른 남자에게 현재 자신이 갖고 있는 이상을 구하거나 네 살배기 아이가 자라는 것에 위안 삼을 수밖에 없다.

방안이 어둑해지고 나는 또 다시 히카리가 늦어지는 것에 초조함을 느꼈다. 사요씨와의 대화에 열중하고 있는 중에도 어쩐지 허전한 감정을 느끼고 있었다. 두 시간 정도 지나자 히카리가 찾아왔다.

나는 돌아보지도 않고 말없이 있었다. 히카리는 이상하다는 듯 나를 쳐다보았다.

"돌아갔어?"

사요씨가 히카리를 보며 작은 목소리로 물었다. 히카리는 내 쪽을 바라보며 고개를 끄덕였다.

"이층으로 가실까요?"

하카리가 말했다. 그러나 나는 일어나려고 조차 하지 않았다.

그날 밤 나는 다시 한 번 사요씨의 아름다운 노랫소리를 들었다.

그녀의 목소리는, 무언가—예를 들어 사람이 아닌—보다 그 이상으로 뛰어난 소리인 듯했다.

다음날 아침 눈을 떴을 때 히카리는 잠옷 차림으로 이불 밖에 앉아있었다. 그 잠옷에는 우염(友染)[2]을 한 축면(縮緬)[3]의 새빨간 바탕에 국화모양의 꽃과 정체모를 보랏빛의 화초 무늬가 섞여 그려져 있었다.

히카리가 그 위를 조그마한 끈으로 살짝 묶고 일어나는 모습은 나를 황홀하게 만들었다.

"정말이지 보기 좋은 모습이군."

내가 말하자, 그녀는 기쁜 듯 부끄러움을 보였다.

그로부터 4-5일이 흘렀다. 나는 마침내 히카리와 헤어져야만 했다. 열흘 정도의 기간을 나는 히카리의 집에서 지내고 말았다.

그 날은 어느 눈 내리던 밤이었다. 북쪽 지방의 하늘은 4월이 되어도 눈이 멈추지 않았다. 얼굴을 찢어 낼 듯 잠시도 그치지 않고 내리고 있었다.

우에노(上野) 행의 상행 열차는 이 역에서 20분이 넘게 정차한다. 우리는 그 열차가 역에 도착하여 기적소리를 울릴 때까지 기다렸다가 히카리의 집에서 나왔다. 히카리의 집 이층에서는 기차가 지나는 모습이 잘 보였다.

히카리와 나는 우산을 쓰고는 있었지만 나의 외투에는 눈이 수

2) 날염법의 한 가지. 방염 풀을 사용하여 비단 등에 꽃, 새, 산수 등의 무늬를 화려하게 염색하는 방법.
3) 견직물의 일종으로 바탕이 오글쪼글한 비단.

북이 쌓여 있었다.

다리가 있는 곳까지 왔을 때 나는 그 자리에 멈춰 뒤돌아보았다. 마을의 불빛이 눈에 쌓여 희미하게 보인다. 다리 아래의 강물은 소리도 없이 흘러가고 있었다. 귀를 기울이면 그저 눈 내리는 소리만이 조용히 들려온다. 특히 눈은 마치 나와 히카리의 이별을 의미 있게 남기는데 꽤 어울리는 듯 느껴졌다.

이등석 칸에는 아무도 없었다. 내가 차에 오르자 히카리의 눈에는 이미 눈물이 어리고 말았다.

"당신"

히카리가 힘 있게 그러나 작은 목소리로 말했다.

"꼭 편지 주세요. 도착하시거든 바로요."

나는 고개를 끄덕였다. 아직 오 분 정도 시간이 있었기에 히카리는 내가 있는 곳으로 올라왔다. 차 안을 한번 둘러보고는

"아무도 없네요."

라고 말한다. 그리고 나와 마주 한 의자에 앉으며

"당신은 무정한 분은 아니시지요?"

라고 물었다.

나는 아무 말 없이 히카리를 보며 무어라 말해야 그녀를 위로할 수 있을지 생각했다.

출발을 알리는 기적이 요란하게 울렸다. 나는 급히 히카리를 열차 밖으로 내보내며 히카리와 악수를 했다.

"안녕히 가세요."

라고 히카리가 말했다.

"몸 조심 하시고요."

이미 기차가 움직이기 시작했다. 히카리는 그 뒤를 쫓아오며

"꼭 편지 주세요."

라고 되풀이 했다.

"안심하게."

내가 외쳤다. 히카리는 손수건을 머리에 댄 채로, 내리는 눈 속에 서 있었다. 그 모습은 나의 눈동자에 점점 작아져만 갔다. 그리고 서글프게 남았다. 잠시 동안, 나는 역의 전등 빛이 보이지 않을 때까지 움직임도 없이 계속해서 서있었다. 겉옷은 완전히 눈에 덮여 있었다.

객실에 들어오자 스팀의 온기가 숨이 막힐 듯 콱 들어차 있다. 나는 털썩 의자에 몸을 내려놓았다. 기차는 눈 내리는 어두운 밤을 빠르게 달린다. 눈을 감으면 히카리의 모습이 떠오른다. 그리고 모든 것이 아직까지 그곳에 현존하고 있는 것 같다. 부르면 히카리가 지금이라도 와 줄 것만 같다. 꿈인 것만 같다. 꿈이다. 꿈

이야. 나는 중얼거렸다. (미완)

*『朝鮮及滿洲』 188호, 1923.7.

쫓겨난 여자

●

야나이 마사오(柳井正夫)

“어떤가? 이런 이야기가 소설이 될는지.”
라고 어떤 친구가 나에게 다음과 같은 이야기를 했다. 물론 소설이 되진 않는다. 그렇지만 줄거리만큼은 비교해보면 소설에 좀 가깝다. 그래서 이렇게 써 보기로 했다.

어느 날 한동안 만나지 않았던 친구로부터 갑자기 편지가 왔다. 편지글에 따르면 그는 어느새 도쿄에 와서, 집 한 채를 갖고 있는 모양이었다. 다만 지금까지 필시 어딘가 중국이나 조선 광산에 있을 거라고 생각했던 것이다.

번지를 찾아가자, 긴자(銀座) 뒤편의 제법 커다란 서양 건물에 살고 있었다.

거기서 거침없이 주인에게 도착했다는 연락을 부탁하고 들어가 봤다. 서양식 방에는 가스스토브가 불타고 있었고, 이어진 일본식 방에는 자단(紫檀)으로 된 목제 화로가 놓여있었다.

마침 친구가 외출 중이었지만, 문열어주러 나온 하녀를 통해 누군가 나와 달라고 얘기하자, 젊은 부인 한 명이 나왔다. 그 여자와 세상 이야기를 나누고 있었는데, 나는 첫 대면이었기 때문에 일부러 그 여자의 지위를 묻지 않았다. 친구의 부인이 아닌 것 같아서. 물론 여동생이 아닌 것도 알고 있었다. 그렇다고 딱히 크게 신경 쓴 것은 아니지만, 아무래도 이야기하는 모습에 이해되지 않는 점이 많았다.

어찌됐건 트레머리에 갸름한 얼굴모습이 왠지 아주 맑고 깨끗한 느낌을 불러일으키고, 무지렁이 같았던 친구 옆에 두기에는 아깝다는 느낌이 들었다. 그렇다고 만난 지 얼마 되지 않아서 친구와 어떤 관계인지 모르는 사람에게 농담을 하기도 그래서 세상 돌아가는 얘기를 했던 것이다.

이야기를 나누던 방은 서양식 방이었다. 삼면에 창이 있고, 그 중 한쪽에 밖으로 나가는 문이 있으며, 다른 한쪽은 안쪽의 일본식 방으로 통하는 문이 있다. 나무로 된 네발 상 위에 넓게 잎을 펼치고 있는 만년초가 창 옆에 놓여있고, 그 옆에 중국풍의 기물인 듯한 도자기가 같은 테이블 위에 놓여있었다. 푹신푹신한 긴 의자가 놓여있어서, 무대장치를 해도 잘 보일 듯한 방이었다. 중앙의 둥근 테이블을 가운데 놓고, 회전의자에 파묻혀 그 여자와 이야기를 하고 있는 것이다.

점점 이야기하는 분위기로 보자면, 친구는 학교를 졸업하자마자 중국 어딘가의 광산으로 들어가 거기서 전쟁 덕분에 돈을 왕창 벌었고, 그 돈으로 도쿄에서 남양무역인지를 하고 있는 것같았다.

그 여자도 친구가 중국에 있을 때부터 같이 있었던 듯, 때때로 '오오노(大野)가, 오오노가'라고 친구를 반말로 불러가면서, 처음 본 사이임에도 불구하고 걸핏하면 둘이서 즐거웠던 시절의 이야기로 화제를 옮겨갔다. 그 때마다 내 안색을 살피듯이 보이지 않는 것도 아니었다. 살펴보건대 여자는 본디 게이샤 같은 화류계 일을 했던 것 같아서, 자신의 화두를 상대의 안색을 보면서 바꿔가는 매끄러운 화술이 왠지 요염하게 보였다.

그녀는 이야기하는 동안 이미 오랜 지기인 듯이 비교적 속내를 털어놓으며 말하게 되었다.

그러는 사이에 오오노가 외출했다가 집으로 돌아왔다.

해달 목도리에 따뜻한 오버코트를 입고 의기양양하게 수레에서 내려왔다.

여자는 내가 오랫동안 기다리고 있었다고 알리고, 오오노와 교대하여 밖으로 나갔다.

"잘 왔네 그려. 자, 느긋하게 얘기해 보자구."

그는 이렇게 말하고 스토브 앞에 서서, 제대로 된 인사도 하지 않은 채 손을 쥐었다. 짙은 콧수염과 길게 자란 머리칼 등이 눈에 확 들어왔다. 원래 같이 학교에 다니던 시절의 그의 얼굴과는 완전히 반대일 정도로 변해 있었다. 밤송이머리에 눈이 가느다란 둥근 얼굴의 남자—이것이 그의 특색으로 기억되었지만, 지금 보니 훌륭한 신사의 풍모를 하고 있으며 사는 모습도 적어도 중류 이상인 듯했다.

"헤어지고 나서 몇 년 만이지? 난 벌써 잊어버렸네."

오오노는 스토브에서 떨어져 긴 의자로 천천히 앉으면서 말했다.

"글쎄, 이미 약 7, 8년쯤 되었으려나. 아무래도 스물 몇 정도의 나이였으니까."

나도 이미 그와 헤어진 시절의 일을 잊고 있었기 때문에, 떠올려보듯이 말했다. 왠지 그런 것을 생각해내는 것은 내키지 않았다. 나이라든지 과거의 경험이라든지를 떠올리면서 서로 이야기하는 것은 왠지 꺼려졌기 때문이다. 딱히 타락한 것도 아니지만, 한쪽이 자신보다 훨씬 유복해진 것—적어도 물질적으로는 성공한 듯이 보이는데 비해, 자신은 보기에 초라한 모습을 하고 있는 것만으로도 그다지 화려한 과거를 갖고 있지 않다는 것을 보여주지만, 싫은 경험을 입에 올려 떠드는 것은 바보 같은 짓이라고 생각되었다.

그래서 화두를 미래의 희망 같은 것으로 끌어갔다.

오오노의 말에 따르면, 역시나 추측한 대로 중국의 어느 광산에 있을 때에 마침 전쟁이 시작되어, 그 광산 덕분에 떼돈을 번데다가 외국과의 무역으로 많은 이익을 얻었다고 한다. 그래서 현재는 도쿄로 돌아와서 그 이익으로 폭넓게 남양(南洋)무역에 종사하고 있다고 한다. 이야기만으로도 이쪽이 생각하고 있던 것보다는 몇십 배 큰 일을 하고 있었다. 나는 4, 5년 전에 들어간 신문사에서 겨우 편집부의 조금 괜찮은 지위를 얻게 된 정도로 아직 형편도 그다지 여유를 갖지 못한 정도였다.

그런 것을 이야기하다가, 어쩐지 맞지 않는 느낌이 들어서 다시 오겠다고 말하고서 나는 오오노의 집을 나섰다.

그로부터 이삼일 지나서 어느 비 오는 날에 문득 생각이 나서 나는 오오노를 찾아갔다. 비가 내리고 있었기 때문에, 집안에는 아무도 없는 듯이 보였다. 문을 열어주러 나올 거라고 생각했던 지난번 하녀도 모습을 보이지 않았고, 그 대신 어린 하녀가 종종

걸음으로 안에서 뛰어나왔다. 그녀는 마치 당혹스러운 듯이 웅얼거리고 있었지만, 이윽고 주인이 지금 여자와 언쟁을 벌이고 있다고 알려주었다. 하필 좋지 않은 때에 찾아왔다고 생각했지만, 되돌아가는 것도 귀찮아서 아무튼 오오노를 만나 보려고 마음먹었다. 그래서 하녀에게 꼭 만나고 싶다고 전했다.

잠시 후에 하녀는 되돌아와서 지난번 응접실이 아닌 안쪽 일본식 방으로 안내했다. 그곳은 지난번 흘끗 엿보았던 방이었다. 그때는 매우 훌륭하다고 생각했지만, 지금 보니 비가 오는 탓도 있겠지만, 왠지 오래되어 그을은 듯이 보였다. 중앙에 동(銅)으로 된 화로가 놓여있었다. 하녀는 방석을 화로 가까이에 놓고 방을 나섰다. 교대하듯 오오노가 불쾌한 얼굴로 들어왔다.

"지난번에는 결례를 했네."

"아니, 나야말로 그랬네. 그런데 자네는 오늘 상황이 안 좋지 않나?"

오오노가 화로 맞은편에 앉자마자, 내가 선수를 쳐서 그의 마음을 읽듯이 기탄없이 말했다.

오오노는 조금 곤란한 얼굴이 되었지만, 곧 그런 표정을 없애듯이 미소를 지으며 말했다.

"아니, 별로 곤란한 것은 아니지만, 실은 지금 안사람과 다투고 있거든."

그는 멋쩍은 듯이 소맷자락에서 담배를 꺼내어 불을 붙였다.

"방금 전에 문을 열어준 하녀에게 그 일은 들었는데, 썩 흥미있는 이야기는 아니군."

오오노의 성격이라면 틀림없이 그런 일이 있을 거라고 생각했지만, 뭐니 뭐니 해도 그런 것은 흥미롭진 않기 때문에 그렇게 말했다.

"응, 재밌진 않지. 설마 재미로 다투는 사람은 없을 걸세. 하지만 정말 곤란해졌다네."

오오노는 매우 곤란하다는 듯이 말했지만, 그 곤란한 정도도 여자를 상대로 한 사정이기 때문에 한층 더 곤란한 것 같았다. 원래 오오노는 가정의 갈등이란 것에 질색하는 인간이었다. 그 이유를 말하자면 그가 학교에 있을 시절의 일이지만, 그의 여동생이 결혼했다가 친정으로 되돌아온 일이 있었다. 되돌아온 이유는 남편이 남들만큼의 대우를 하지 않는다는 사실에 기인하는 것 같았다. 남들만큼의 대접, 잘라 말하자면 부부로서의 영위를 하지 않는다는 것이다. 그로 인해서 여동생은 참을 수 없어서 되돌아온 것이었다. 그래서 오빠로서 오오노는 그대로 두고 볼 수 없어서 곧 여동생네 시댁을 찾아가 이야기를 매듭지어야 했다.

오오노가 시댁에 가서 여동생의 남편을 만나 차분히 이야기해

보니, 여동생은 딱히 학대를 받은 것도 아니고, 그 남편이 어떤 병으로 인해 불능자처럼 되었기 때문에, 본의 아니게 부부로서의 행위를 영위하지 못했다고 했다. 털어놓고 말하자면 그런 것이었다. 그래서 어쩔 수 없이 현재까지 참아왔지만, 의사의 설명으로는 앞으로 점점 좋아져서 회복될 것이라는 이야기였다.

그래서 오오노는 집으로 돌아와 여동생에게 말했지만, 아무튼 그런 이야기였기 때문에 말을 꺼내기가 어려웠다. 게다가 신경이 날카로운 여동생은 그런 것을 믿으려 하지 않았고, 뭐니 뭐니 해도 자신이 마음에 들지 않기 때문이라고 하며 말을 들으려 하지 않았다. 어쩔 수 없이 남편으로부터 의사의 증명서를 받고, 겨우 시댁으로 돌아갔다는 우스운 이야기가 있다. 그렇지만 그 사이에 낀 오오노는, 이야기가 이야기인 만큼 그 어느 쪽에도 충분히 말하지 못해서 매우 곤란했던 것이다.

그런 일이 있었기 때문에 가정 내부에 변화가 있다는 것은, 오오노로서는 참을 수 없는 일이었던 것 같았다.

"이야기 해 보게. 일에 따라서는 나도 뭔가 지혜가 생길지도 모르지 않나. 말하기 어려운 것인가?"

"아니, 딱히 말하기 어려울 것도 없기 때문에 말하지만 실은 저 여자에 관해서라네. 원래 저 여자는 자네가 알 리 없겠지만, 내가 상하이에 있을 때에 가까워진 게이샤로, 내가 낙적시켜 아내로 삼은 여자라네. 벌써 4, 5년 되는데 아직도 나는 여자와 결혼하지 않았지. 게다가 2, 3개월 전부터 아버지가 괜찮은 사람과 결혼하라고 가끔씩 후보자 사진을 보내와서, 그것을 볼 때마다 여자가 화를 내어 어찌할 도리가 없다네. 자네가 들으면 비웃을지도 모르지만, 내 가계(家系)로서는 사족(士族) 집안에서 며느리를 봐야 하는 거라네. 그런데 여자는 평민의 딸이고, 더구나 험한 일을 하던 여자니까 말이야, 옴짝달싹을 못 하겠다구."

질렸다는 듯이 오오노는 말하며 뒷방을 살짝 돌아보았다.

"그런 일은 세상에 흔히 있는 법이지, 그다지 드문 일도 아니지만 어떻게든 해야 한다면 적극적으로 나서는 게 어때?"

나로서는 내키는 이야기도 아니었지만, 이야기를 들은 이상 뭔가 해줘야 할 것 같은 기분이 들었다. 그래서 내친 김에 여자를 만나서 잘 이야기 하고, 오오노의 아버지도 만나서 어떻게든 이야기를 잘 매듭지어 주기로 했다. 그런데 오오노의 속내를 툭 터놓고 듣고 보니, 그렇게 초조해하며 다투고 있는 여자로부터 이미 오오노의 마음이 떠나가려 한다는 것이었다. 원래 그다지 열정이 없는 오오노이기 때문에, 달아오를 때는 달아올라도 식는 것도 빠르지만, 여자가 싫어졌다고 해서 버리고 부모 쪽을 따르는 것은 너무 제멋대로였다.

여자 쪽 입장에서 보자면, 만주 부근에서부터 따라와 동고동락했음에도 이제 와서 초개처럼 그 어떤 배려도 없이 버려진다면 갈 곳이 없는 것이다. 당연히 여자의 목적은 정실부인이 되어 안정되고 싶은 것이지만, 오오노가 어물어물 호적을 그대로 둔 것이어서 불안과 초조가 고조되어 요즘처럼 말다툼이 생기는 것이다. 게다가 고향의 아버지가 며느리 후보 사진을 보내게 되면서 여자로서는 초조하고 참을 수 없게 된 것은 불 보듯 뻔한 것이었다.

내 생각으로는 조금 더 오오노에게 열의가 있고, 아버지가 하는 말을 들으려고 하지 않고 현재의 여자와 살겠다고 주장한다면, 어떻게든 좋게 둘 사이에서 조정을 해서 아버지와 오오노를 타협시킬 수도 있겠지만, 오오노 쪽이 현재의 여자에게 열의가 없어져서 도리어 아버지 생각에 기우는 것 같기 때문에 손쓸 여지가 없는 것이다. 결국 현재 여자와 헤어지지 않으면 정리되지 않는 것이다. 그렇다 해도 적절히 여자와 헤어질 수 있을지 의문이었다. 여자 쪽에서는 어디까지나 오오노와 함께 있을 작정이기 때문에, 막상 헤어지는 단계에서 그것을 용인하지 않을 것은 분명했다. 그렇지만 오오노로서는 아버지로부터 화살과도 같이 재촉을 받고서, 언제까지나 그대로 둘 수 없기 때문에 신속하게 어떤 쪽으로든 결정해야만 했다.

“자네는 더 이상 여자에게 미련은 없나?”

나는 이미 자신의 일이라도 되는 듯이, 이대로 있을 수는 없다고 생각해 단도직입적으로 물었다.

“이제 거의 없네. 그래도 저런 용모라면 성욕은 왠지 끌리기 때문에 헤어지기 어렵지만, 한번 싫어진 여자는 끝까지 싫은 법이니.”

“그런데 그건 자네의 편의 대로이고. 여자가 단순히 성욕을 채워주기 위해서 살고 있는 건 아니니까, 자네처럼 성욕을 다 채웠다고 해서 혹은 아직 성욕을 덜 채웠다고 해서 같이 살거나 헤어지거나 하는 것은 너무 제멋대로인 걸세.”

“그렇게 말하면 그렇지만, 어차피 이유는 몸이나 기예를 파는 여자였기 때문에, 그런 방면의 책임은 없다고 생각하네. 파는 사람이 있으니 사는 거지.”

“자네처럼 말한다면 험한 일을 하던 사람은 서푼 값어치도 없어지겠군. 마치 노예 매매처럼, 자신의 부인이 싫어지면 곧 팔아버리고 다른 걸로 바꿔버릴테니까.”

그렇지만 오오노의 생각은 한쪽 입장에서 보자면, 지극히 당연한 것이다. 원래 파는 것을 샀으니 싫어지면 되팔아버리는 것은 당연하고, 조금도 주저할 것은 없는 것이다.

여자가 여염집 처자였더라면, 게다가 정당한 결혼으로 맺어진 사이였더라면 그리 쉽게 같이 살거나 헤어지거나 하는 일은 불가능하지만, 화류계 여성을 상대로 하는 것이어서 남자에게 유리한 것은 당연했다.

"나는 어떤 이유에서 여자가 싫어졌냐고 묻는다면 대답하기 좀 곤란하겠지만, 아무튼 화류계 여자였다는 것이 첫째 나 자신의 마음을 암울하게 만드는 것이다. 동거할 당시는 그렇지도 않았지만, 5, 6개월이 지나 1년이 지나자, 여자의 과거가 새삼스레 생각되었지. 예를 들면 여자와 둘이서 어떤 비밀스런 일을 이야기하거나, 뭔가를 같이 하거나 할 때에 이 여자는 지금 자신과 이렇게 있지만, 예전에는 다른 추잡한 남자에게도 똑같이 교태를 부렸을 거라고 생각하면, 눈앞에 있는 여자의 옆얼굴을 힘껏 때리고 싶어진다구. 이런 여자에 대한 감정이 시간과 함께 쌓이게 되고, 여자의 어디를 봐도 더럽게 생각되어 동거하는 게 싫어지는 것일세."

"그건 자네, 여자의 과거 같은 걸 생각하는 것은 무리라네. 화류계 여자이니 다른 남성과 동침을 하는 일도 있었겠지만, 그건 어쩔 수 없지. 여자로서는 자네가 이전에 어떤 여자와 무슨 짓을 했는지 생각한다면 현재의 자네가 싫어질 걸세. 그런 것을 여러모로 생각한다면 조금도 수습되지 않을 테니까."

일반적인 해석을 내려 보았지만, 오오노는 그런 것에 귀를 기울이고 싶지 않은 듯했다. 실인즉 오오노는 자신이 얼마쯤의 재산을 갖고 있기 때문에 지금의 여자와 헤어지고, 걸맞은 곳에서 처녀를 정당하게 얻고 싶다는 생각이 있었던 것 같았다. 이것은 직접 그렇다고 말하지 않아도, 때때로 이야기하는 가운데 처녀가 아니면 실제 부인 같은 기분이 들지 않는다든가, 현재 재산이 어느 정도 있다든지 하는 것까지 화제로 삼는다는 점에서 추측 가능한 것이었다.

그래서 오오노가 자신이 이런 생각을 한는 것을 그녀에게 말하는 것은 물론 쉽지 않을 거라고 생각되었기 때문에, 내가 오오노의 실제 기분을 전해주기로 했다.

사실을 말하자면 오년이나 삼년이나 동거한 자신의 부인이니, 싫으면 싫다고 정식으로 말을 꺼내야 하겠지만, 원래 여자 쪽이 히스테리가 있기 때문에 특히 요즘처럼 오오노와 다투기만 하는 때에는 점점 더 심해져서 오오노 자신이 직접 말한다 한들 받아들이지 않을 거라고 생각되었고, 게다가 오오노도 보기와는 달리 그런 본격적인 일에는 적극적이지 못한 인간이라는 사정도 있었다. 아무튼 나로서는 그다지 좋은 역할은 아니지만, 오오노의 친구는 나 하나였고, 게다가 남의 일이지만 두 번 정도 경험이 있는 것을 오오노가 알고 있기 때문에, 오오노가 부탁한다고 말하지 않더라도, 또한 내가 맡겠다고 말하지 않아도, 자연히 어느새 부탁하거나 부탁받거나 하여 내가 모든 것을 떠맡게 되었던 것이다.

그 날은 그대로 헤어졌지만, 다음날부터 매일같이 오오노의 집을 방문했다. 우선 첫째로 그다지 자상하지 않은 나를 여자에게 접근시켜 친해지게 만들어, 신상 이야기나 말할래야 말할 수 없는 것까지도 이야기할 수 있게 하고, 그로부터 여자의 행동까지도 간섭할 수 있도록 하자는 것이다. 여자 문제뿐만 아니라 워낙 에고이즘적인 인간이지만, 오오노가 생각하듯이 하고 싶은 대로 해주자는 생각도 있었고, 여자와 언제까지나 대치하고 있는 상황이 결코 좋은 결과를 낳지 못해, 결국은 여자가 히스테리를 일으켜서 세상에 흔히 있는 신문기사꺼리가 되는 것을 두려워했기 때문이기도 했다. 나로서는 삼년이나 오년 동거했기 때문에 서로 원만히 해결하도록 해주고 싶은 것은 물론이지만, 금가기 시작한 도자기처럼 언젠가 작은 잘못이 있으면 곧 깨지게 되어있었기 때문에, 어차피 그럴 거라면 더 깔끔하게 헤어지는 편이 낫다. 게다가 아직 미래가 창창한 두 사람이 앞으로 좋을지 안 좋을지 알 수 없지만, 설령 좋지 않다 하더라도 더욱 강하게 살려두고 싶다고 생각하게 되었다.

그러는 가운데 벌써 시간이 흘러 나와 여자는 매우 친해지게 되었다.

원래 친해지려고 간 것이니 친해져야 하지만, 오오노와 동거하더라도 부부 관계를 맺지 못하는 여자는 매우 적막함을 느끼고 있었고, 틈에 파고들려 했기 때문에 내 감정을 더 잘 받아들일 수 있었던 것이다.

그렇다고 바로 오오노와 헤어지라고 하는 것은 물론 불가능했다. 다만 여자의 신상 이야기에 깊이 파고들어 간 것에 불과했다. 그래도 여자가 오오노의 요즘 처사를 사무치게 느끼고 있는 듯하여, 오오노가 어찌어찌 했다고 울먹이며 호소하게 되었다.

"그렇지만 저는 오오노와 4, 5년 동거했으니 오오노에게 버림받는다 하더라도 할 만큼은 다 했다고 생각합니다만, 그렇다고 제가 오오노에게 헌신해야 한다는 것은 아닙니다. 저를 받아들여 주었으니 그만큼의 보상은 해야 할 테죠. 그것도 이미 끝났으니 헤어져도 미련은 남지 않을 겁니다."

억척스러우면서도 아직 남의 안색을 살피고 있는 듯이 보였던 여자도, 차분히 얘기해보면 말로 표현할 수 없는 멋이 있는 것을 발견하게 되었다. 흔히 세상이 있는 가정사 다툼과 비교해보면 실로 깔끔한 생각을 갖고 있어서, 그런 여자를 억지로 오오노에게서 떼어내려는 마음이 들지 않았다. 그렇지만 여자가 이미 오오노에게 버림받는 것은 잘 알고 있는 것 같아, 슬슬 이별 이야기를 꺼내도 좋을 시기라고 생각하고 조금씩 이야기를 진전시켰다.

들어보면 여자는 어떻게든 오오노에게 의지하고 싶은 것 같았다. 어떤 고난이 앞에 있더라도, 이전에 두 사람이 고생한 당시와 비교하면 아무것도 아니라든지, 오오노의 아버지 비위를 맞춰 자신의 안전을 도모하고 싶다는 식으로까지 생각하는 것 같았다. 그래서 그런 생각이 있는 것을 오오노에게 말해보았지만, 오오노 쪽에서는 여자가 자기 옆에 있고 싶어서 손쉽게 쓰는 수법이라며 도무지 말을 듣지 않았다. 오오노는 철저히 에고이스트로 변신하여, 자기와 헤어지는 여자의 일 따위는 조금도 생각하지 않고, 그저 처녀 부인을 맞고 싶다는 생각으로만 치달았다. 험한 일을 하던 여자를 낙적시켰기 때문에. 아직 때타지 않은 처녀를 동경하고, 그것을 바라게 된 오오노도 어쩔 수 없지만, 사실상 오오노도 물론 이미 처녀를 바랄 자격을 갖고 있지 않았다. 그는 자기 자신을 생각지 않고, 그저 순결한 여자를 바라는 이기적인 소원으로 빠져들었다.

때때로 내가 방문했을 때에 오오노가 귀가하지 않은 밤이라면, 날이 샐 때까지 이야기하면서 오오노가 돌아오기를 기다린 적도 있었다. 그런 밤에는 각별히 그녀는 딱한 푸념을 늘어놓으며 하소연했지만, 때로는 술이나 안주를 내어 남편에게 시중들듯이 대접하는 일이 있었다. 추운 겨울이기 때문에 서양식 방에 있는 벽돌 스토브를 일본식 방으로 가지고 와서는 전기 화로를 너댓 개를 쌓아서 화로를 만들어주곤 하였다. 여자는 술에 취해 왕년의 전성기를 생각나게 하는 좋은 목소리로 오이와케부시(追分節)[1] 등을 불러주었다. 공교롭게도 샤미센이 없었기 때문에, 일부러 근처 고물상에 가서 골동품을 사 와서 쾌활하게 떠드는 때도 있었다. 나는 남자지만 샤미센을 켤 수 있기 때문에, 여자는 손님을 상대하듯이 떠들었다. 그렇게 떠들다가도 갑자기 조용해져서 혼자 홀연히 산책하러 나가버리곤 했다. 나는 여자란 환절기에 정신상태가 바뀌어 저러는구나 생각했지만, 요즘 오오노와 말다툼을 하기 때문에 점점 여자는 강도 높은 히스테리가 왔을 거라고 생각했다.

어느 날 밤에도 오오노의 귀가가 늦어졌기 때문에 쓸데없는 이야기를 하면서 기다리고 있는 동안에, 여자는 갑자기 나를 불러내 산책을 가자고 말했다. 그래서 함께 나섰다. 왠지 남의 아내와 외출하는 것이 양심에 걸렸지만 친구의 부인이기도 했고, 게다가 특수한 입장에 있다는 혼자만의 생각으로 양심을 억지로 진정시키

---

1) 일본 민요의 하나. 애조띤 마부(馬夫)의 노래.

고 있었다. 긴자 뒤편에서 긴자 큰길까지 나왔지만, 여자는 어찌 된 일인지 매우 서둘러 길을 빠져나와 히비야(日比谷) 쪽으로 가는 바깥해저로 나섰다.

여자는 히비야 공원 쪽으로 가는 것 같았지만, 어느 샌가 바바사키(馬場先) 광장으로 걸어갔다. 어쩔 수 없이 나도 조용히 뒤를 좇아가보니 이윽고 공원을 가로질러 동상이 있는 곳으로 들어갔다.

여자는 멈춰서면서 갑자기 지금까지의 침묵을 깨고 입을 열기 시작했다.

“야마다 씨, 정말 저는 요즘 너무 외롭답니다.”

그것뿐 잠시 입을 다물었다. 나도 그에 맞춰 대답을 했지만, 아무래도 꺼려졌기 때문에 말하는 것만 듣고 있었다.

여자는 동상을 한 바퀴 돌고 이번에는 철책을 넘어서 잔디밭 안으로 들어갔다. 낮은 소나무 사이에서도, 두 사람은 역시나 침묵한 채로 있었다.

창백한 아크등이 솔잎 너머로 반짝반짝 빛났다. 가끔씩 똑같이 산책하는 듯한 사람 그림자가 추운 듯이 나무그늘로 사라졌다.

그러자 여자는 갑자기 멈춰 서서 휙 이쪽을 향하자, 소나무 그늘진 내 모습에 기대듯이 다가왔다. 여자가 코를 훌쩍이는 것을 비로소 느꼈다. 분명히 울고 있는 것이다.

"야마다 씨, 저는 정말 외롭답니다.

저는 요즈음 뭐라 말할 수 없을 정도의 적막함을 느끼고 있습니다. 당신도 알고 계시겠지만, 저는 오오노에게 불평을 말하지 않는 만큼 가슴으로는 울고 있답니다. 저는 제 직업이 직업이니만큼 이제 와서 오오노에게 버림받는 것은 아무것도 아닙니다만, 이렇게까지 된 자신이 오오노에게 버림받는 것은 유감스럽습니다… 저는 오오노가 아버지의 명으로 다른데서 아내를 맞으려 하는 것을 알고 있습니다… 야마다 씨, 당신은 저를 어떻게든 해주세요. 정말 저 스스로는 어떻게도 되지 않으니까요…"

이렇게 말하고는 소리 높여 울기 시작했다. 털어내듯이 우는 것이다. 떨면서 우는 것이다. 내 어깨에 매달리면서 우는 것이다. 쌓이고 쌓인 감정이 한꺼번에 눈물이 되어 흘러내리듯이 울었다.

"저는 울고 싶어도 울 수 없었습니다. 오오노가 저렇게 매일 집에 오지 않고, 게다가 때때로 돌아와도 별것 아닌 것에 화를 내고… 정말 저는 오오노에게 버림받은 겁니다. 어떻게 하면 좋을까요, 야마다 씨…"

이렇게 들으니 나도 강하게 마음먹고 있었지만, 그만 빨려들게 되었고, 그녀는 확 소리 내어 울어 버렸다.

불룩한 트레머리가 부드럽게 내 얼굴의 반을 메웠다. 강한 머리

냄새로 숨이 콱 막히는 가운데 뜨거운 눈물을 쏟아 부었다.

들러붙은 여자의 손이 경련하듯이 강하게 흔들렸다. 찰싹 달라붙어 오른손에 묻은 눈물을 닦으려고도 하지 않고, 여자는 내 목에 휘감았다…

막혔던 눈물을 왈칵 쏟아내자 곧 느긋해졌다. 이윽고 여자는 아주 지친 듯이 흐느껴 울면서, 녹초가 된 채로 잠자코 내 손을 쥐었다.

그리고 나서 잠시 시간이 지나고 두 사람은 아무 말 없이 원래 온 길을 되돌아 집으로 돌아갔다. 아직 오오노는 집에 돌아오지 않았다. 그날 밤은 그대로 헤어졌다.

다음날 저녁 무렵 오오노를 방문하자, 그는 오늘 아침에 집으로 돌아온 듯하여 서양식 옷을 입고 서양식 방 의자에 몸을 뒤로 젖히고 담배 연기를 피웠다.

그러다 오오노가 부재중의 여러 가지 일을 이야기하고, 오오노가 어디를 서성거렸는지 물었다.

그의 이야기에 따르면 일주일정도 전에 고향의 아버지가 결혼문제를 의논하려 상경했기 때문에, 어떤 여관에 묵게 하고 그쪽으로 의논하러 갔었다고 한다. 그 결과 어느 여염집 둘째딸과 결혼하게 되었기 때문에, 그것을 나와 의논하게 위해 당장에라도 우리 집을 방문하려고 했다고 한다. 그래서 마침 만났기 때문에 다행히 근처 요릿집으로 가서 이야기하기로 했다.

어디까지나 오오노를 쫓아가려는 여자, 버림받게 된 것에 무척 괴로워하는 여자—그 여자에 대해 말하면서 한 번 더 생각해보면 어떠냐고 말해보았지만, 이미 고향의 아버지와 상의하여 결정해버린 오오노는, 어떻게 하든 여자를 내보내는 것만을 이야기했다.

나는 예전처럼 오오노와 한통속이 되어 여자를 내보낸다는 생각은 요즘 점점 없어지고, 오히려 여자를 오오노의 곁에 두게 하고 싶다고 생각하게 되었다. 그래서 여자를 매우 칭찬해보았지만, 전혀 효과가 있는 것 같지 않았다. 나는 오오노에게, 오오노의 에고이즘에 퍽 감정이 상했기 때문에, 오오노를 요릿집에 혼자 두고 돌아와 버렸다.

그러자 뒤에서 바로 오오노가 쫓아와서 여자를 어떻게든 내보내도록 부탁한다, 고향의 아버지를 만나 자신의 이익이 되도록 말해달라는 등 지루하게 여러 가지를 부탁하였다.

"나는 이미 자네에 관해서 아무것도 말하지 않기로 했네. 내가 말하는 것은 효과가 없으니 말이네. 자네 일은 자네가 해결해 주게."

이렇게 말하자 오오노는 곤란한 표정을 하더니, 오로지 부탁한다고 말하고 돌아갔다.

이렇게 되자 이상하게 마음이 뒤틀려서, 아무리 오오노가 부탁한다 해도 그에 응해주려는 마음이 들지 않게 되고, 어찌됐든 내보내야만 된다는 오오노를 어떻게든 굴복하게 해주겠다고 마음먹게 되었다. 그에 대해 여러 가지로 생각해보았지만, 아무리 해도 좋은 생각도 없었기 때문에, 어쩔 수 없이 다시 오오노의 집을 방문하기로 했다. 그리고 그쪽에서 결말을 지으려는 생각이었다.

오오노는 아직 5시경이었는데도 상을 펴고 누워있었다. 이른바 심통이 나서 누워있는 거라고 생각했다. 여자는 하녀방 쪽에서 덜그럭덜그럭 하녀와 같이 일하고 있었지만, 내 모습을 보고 서둘러 일어났다. 강력한 아군을 만난 것처럼, 안심한 얼굴로 말없이 나를 자신의 방으로 안내했다. 여자는 자리에 앉으려고도 하지 않고 선 채로, 장지문 안쪽으로 나를 불렀다. 무슨 비밀 얘기를 하려나 생각하고, 나도 말없이 여자 앞에 섰다.

"오늘 남편과 매우 닮은 사람이 찾아와서요, 마치 처음 온 사람처럼 인사를 하는 거예요. 저는 틀림없이 아버님이라고 생각했지만 상대가 남편의 지인처럼 말하잖아요, 그래서 저도 별다른 인사도 않고 세상 이야기를 하면서 시간을 보냈지만, 분명히 제 모습을 보러 온 것이라고 생각했어요. 아버님 눈에 제가 어떻게 보였을지 모르겠지만, 오늘 인상으로 아버님은 남편에게 확실히 이야기를 할 거라고 생각해요."

"그랬나요. 그럼 우리가 외출 중이었군요. 그래서 뭔가 자세히 물어보지는 않던가요?"

"딱히 그런 것은 없었습니다. 다만 세상 이야기만 하고 남편 분을 좀 뵙고 싶다고만 했습니다. 그다지 느낌이 좋은 분은 아니었습니다."

"그래서 그 일을 오오노에게 말하셨나요?"

"아니요, 말하지 않았습니다만, 분명히 오오노와 상의하고 오신 거라고 생각합니다. 만약 그 사람이 아버님이었다면, 이미 지금쯤은 마음속으로 정했겠죠. 야마다 씨, 아버님과 얘기해주시지 않으시겠습니까?"

"얘기해 달라고 해도 아직 저는 만나뵙지도 않았으니, 갑자기 오오노에게 말도 않고 만날 수는 없네요. 아무튼 오오노를 만나서 어떻게든 해보죠. 특별히 걱정하실 일은 없을 겁니다."

이렇게 말하고 불안해하는 그녀를 위로해주고 싶었지만, 이 경우에 몰래 뒤에서 그녀와 이야기하는 것이 꺼려졌기 때문에, 다시 뭔가 말하고 싶어하는 그녀를 두고 오오노 방으로 갔다.

자는 체하는 듯한 오오노를 깨워서 그녀가 이러저러하게 말했기 때문에 자네 아버님을 만나려고 한다고 말했지만, 오오노는 이미 나보다 먼저 아버지를 만나 아버지 생각을 듣고 왔는지 더 이상 만날 필요는 없다고 말했다. 즉 오오노의 아버지는 그녀가 마음에 들지 않기 때문에 내보내는 편이 좋다고 말한 것 같았다.

이미 이렇게 된 이상 절망적이었다. 아무리 손을 써도 오오노 쪽에서 부자 모두 마음에 들어하지 않는다면 무리해서 그녀를 억지로 두는 것은 불가능한 일이었다.

그래서 여자에게 이 사실을 말해주려고 생각했지만, 갑자기 내가 그렇게 말하면 분명히 절망한 나머지 쓸데없는 일이라도 벌이지 않을까 생각하여 피하듯이 집으로 왔다.

예상대로 그날 밤 억수같이 내리는 빗속을 그녀는 홀딱 젖은 채 우리 집으로 찾아왔다. 그녀는 방에 들어오자마자 확 엎드려서 울기 시작했다. 예상했던 대로였기 때문에 그다지 놀랍지도 않았지만, 우는 여자의 마음은 충분히 이해할 수 있었다. 동시에 오오노도 오오노답게 마음먹고 일을 벌였다고 생각하여, 약간의 질투 같은 것을 느꼈다. 그렇지만 바로 눈앞에 오열하는 여자를 보고, 그대로 있을 수 없는 초조함과 적막함을 느껴 조용히 여자를 안아 일으켰다. 여자는 안겨 있으면서 늘어져 내 무릎에 쓰러지고 말았다. 가는 목이 부들부들 떨리고 땀과 눈물로 흐트러진 머리칼이 하얀 목에 바싹 달라붙어 있었다. 코를 찌르는 듯한 냄새가 나를 고민스럽게 에워쌌다. 그래서 불현듯 꽉 끌어안아주었다.

뭐라 위로해주면 좋을지 몰랐지만, 한편으론 도리어 이렇게 된 것을 기뻐하는 마음이 슬슬 엿보이는 것을 부인할 수 없었다. 스스로도 비열한 생각이라고 생각했지만, 이전부터 걸핏하면 파고들 듯이 내 마음에 그녀가 들어왔던 것으로 이미 자신은 이 여자에 빠져있었다고 생각했다. 어쨌든 그녀를 향해 오오노의 생각을 자세히 말하고, 오늘 온 분도 오오노의 아버지였다는 것이나, 아버지도 승인하지 않았다는 것, 그 결과 오오노가 헤어지기로 결심했을 거라고 말하고 여러 가지로 오오노를 흉을 보듯 말해주었다. 그래서 이렇게 된 바에는 오오노에게 어떻게든 한번 더 말해주겠다고 그녀를 잘 달래 진정시켰다. 나로서는 이미 모든 이전의 일을 잊어버리고, 그녀를 새로운 삶으로 이끌어주고 싶다는 것만 생각했다.

여러 이야기를 하자 그녀는 마음을 다잡은 듯 점점 차분하게 생각하게 되었다. 그리고 마지막으로는 내가 말하는 것을 충분히 이해하게 되었다.

“이제 저는 완전히 포기했습니다.”

그렇지만 그렇게 말한 때에는 그녀는 확실히 힘이 빠져 추적추

적 울기 시작했다.

훌쩍훌쩍 울고 있는 그녀를 보고 있자, 이번에는 내가 참을 수 없는 욕망에 사로잡혔다. 확실히 말하자면, 이 가녀린 허리의 그녀를 자신의 것으로 소유해버리고 싶다는 생각인 것이었다. 그래서 울고 있는 그녀가 마치 무기력한듯이 생각되었기 때문에, 꽉 안아 일으키며 자세히 얼굴을 들여다보았다. 울어서 눈이 퉁퉁 부은 얼굴 어딘가에 왠지 마음대로 해달라는 분위기가 감돌고 있는 듯이 보였기 때문에, 이제 아무것도 뒤돌아보는 것은 생각하지 않았다. 이대로 내 것이 되면 좋은 것이다. 이런 생각이 완전히 마음을 정해버렸다. 나는 그것이 자연스런 감정이라고 생각되었다. 불끈불끈 뭐라 말할 수 없는 두근거리는 가슴속을 제대로 여자가 알 수 있도록 여자 얼굴을 쳐다보았다. 나는 바라보고 있는 여자의 눈동자 속에서 내 생각을 알고 있다고 느끼게되자, 더 이상 그대로 둘 수 없었다. 그래서 적극적으로 내 마음을 여자의 마음으로 파고 들게 했다. 여자는 그에 거스르려 하지 않았다…

이미 밤이 깊었다. 근처는 너무나 고즈넉하여 침묵하면서 이 장면을 지켜보는 듯이 생각되었다. 추위가 오싹 몸을 지나갔다.

어떠한가. 더 재미있게 쓰면 싸구려 소설이라도 되려나. 그렇지만 결국 이 다음에

"이렇게 두 사람은 드디어 죽을 장소를 찾아 걸어 다녔지만, 결국 횡단보도에서…"
라고 덧붙이면 엉터리 신문의 삼면기사가 되겠지만, 마침 이 말을 한 친구는 아직 태평하게 살고 있다. 그리고 벌써 아이가 셋이나 된다.

*『朝鮮及滿洲』 223호, 1926.7.

게이샤를 이면(裏面)에서 보다

—〈대화극〉 적나라한 게이샤의 이면—

마쓰노스케(松之助)

(어느 봄날 밤, 회사원 같은 젊은이와 게이샤 놀이에 질린 중년남의 대화.)

중년남 차를 마시면서 담소하세. 자네는 나한테 소위 게이샤학(學)을 듣고 풍류인 축에 껴보려는 건가? 그러나 나는 달콤한 정서를 주장하는 대신 게이샤의 이면을 소개하지. 왜냐하면 지금의 자네는 게이샤가 분장한 술자리 얼굴을 보고 있을 뿐 아직 뒷모습을 모르기 때문이라네.

젊은이 아무튼 당신의 냉철한 눈으로 본 게이샤의 뒷모습에 대해 말해주시오.

중년남 로마에 가면 콜로세움, 런던에 가면 대영박물관, 일본 기념품하면 게이샤가 있지. 벚꽃과 더불어 유명한 것이 게이샤로, 일본 정서를 대표하는 것으로 세계에 통용되지. 일본 정신보다도 알려져 있다고 해도 과언이 아닐 걸세. 본고장이 에도(江戶)[1]의 신바시(新橋), 가스미초(霞町), 야나기바시(柳橋), 아카사카(赤坂), 기온(祇園), 나니와(浪花), 나니와신치(浪花新地)… 이들을 중심으로 일본 전국의 시초(市町)[2] 이상의 인구를 가지는 지역에서는 거의 게이샤가 따라붙었지. 조선, 만주 하나같이 그렇다네.

젊은이 일본에는 게이샤가 몇 명쯤 있을까요?

중년남 1912년 조사에 따르면, 4만2천명, 그리고 점차 증가하여 지금은 9만을 넘을 것이네. 지금 경성도 네 개의 권번(券番)[3]으로 300명 이상은 있을 테니까.

젊은이 강가의 대나무 신세[4]라고 하지만, 게이샤는 대체 언제부터 생겨났을까요? 창녀의 출현과 비교해서 어느

1) 도쿄의 옛 이름. 에도 시대의 막부 소재지.
2) 한국의 시읍(市邑)에 해당되는 일본 행정구획의 이름.
3) 일제 강점기 기생조합의 일본식 명칭.
4) 불안정하고 고달픈 생활을, 물에 떴다 가라앉았다 하는 강변의 대나무에 비유한 말. 특히 창녀의 신세를 이르는 표현.

쪽이 빠른지요?

중년남 그거야 게이샤 쪽이 훨씬 빨리 나타났지. 나라(奈良) 시절에 이미 유행녀(遊行女)라는 것이 생겨서 이름있는 역로(驛路)의 여관에 요염한 자태를 겨루던 것이 그 시초일세.

또한 도바(鳥羽) 천황[5] 시절에는 다이라(平) 가문이 권세를 좌지우지하여 수도 안팎은 번성해 가고, 무사도 상인도 모두 천하태평의 기운에 취해서 환락의 거리에서 난무(亂舞)했지. 여러 지방의 이름 있는 여자는 점차 도시로 모여들어 남에게 뒤질세라 치장을 하고, 도성 안 여기저기에 가무음곡의 현악기 소리 감돌고 세상은 요염해져 봄밤의 느낌 강하게 도취와 환락의 꿈은 이어졌다네.

젊은이 시라뵤시(白拍子)[6]라는 것은 그 시절의 무녀인가요?

중년남 그렇지. 잔무늬 옷에 하얀 스이칸(水干),[7] 다테에보시(立烏帽子)[8]에 주머니칼 같은 차림으로 우아하게 추거

5) 일본 헤이안(平安) 후기의 74대 천황.
6) 헤이안시대 말부터 유행하기 시작한 가무(歌舞) 또는 그 가무를 추는 유녀.
7) 헤이안 시대에는 궁정인 귀족을 모시던 하급관리의 복장이었지만, 나중에는 궁정귀족(公卿)의 사복(私服) 등에 사용된 복식.
8) 궁정귀족이나 무사가 머리에 쓰던 건(巾)의 하나로 끝을 접지 않은 것을 일컬음.

나 노래하곤 했다네. 이 어우러져 만발한 꽃 중에도 도성 제일이라 말해지는 교고쿠 무네스케(京極大臣宗輔)[9]의 여자가 있어, 대궐에서 불러서 와카노마에(和歌の前)라는 이름을 하사받을 정도였으니, 지금의 게이샤와는 천양지차인 셈이지. 기요모리(清盛)[10]가 전횡을 일삼던 시절에는 기오(祇王)[11]라는 유명한 미인이 나와서, 기오는 기요모리 앞에서 비통한 장한가(長恨歌)를 부르고 춤을 추었다네.

부처도 예전에는 범부였나니. 우리도 나중에는 부처가 되세. 언젠가 불성을 갖춘 몸으로, 가로막힌 몸이 슬프도다.

또한 이 무렵에는 다테에보시도 칼도 버리고 오직 하얀 스이칸만으로 춤을 추었기 때문에 시라뵤시라는 이름으로 바뀌고, 풍속이 바뀌면서 점점 떨어져서 오늘의 게이샤가 된 걸세.

젊은이 기오는 대단하군. 최근의 문학(文學) 게이샤라는 격이 떨어지는 요쿄쿠(謠曲)[12]가 신파(新派)의 단카(短歌)를

9) 헤이안 시대 후기의 궁정귀족.
10) 헤이안 말기의 무장.
11) 헤이케 모노가타리(平家物語)에 나오는 여성. 다이라노 기요모리의 은총을 입었지만 후일에 승려가 되었다고 함.
12) 일본 가면 음악극 노가쿠(能樂)의 대본 또는 그것에 가락을 붙여 노래함.

바꿔서…

중년남　바보 같은 소리 하지 말게. 문학 게이샤라니. 대체 어디서 그런 소리가 나오는 건지. 예외는 천에 한명 있다고 해도 그것은 모두 위험하다네. 신문, 잡지의 기자가 장난 반으로 붙인 일종의 기호에 불과한 걸세. 문학은 첫째 그런 저급한 것이 아니네. 어떤 잡지에서 확실치 않은 것을 제멋대로 바꾼 거지.

젊은이　그렇지만 내 거시기는 여학교를 졸업했다구요. 그러니 마음에 들어 매월 수입의 대부분을 쏟아 부어 홀딱 반해 떠들고 있는 거겠죠.

중년남　A군, 무엇을 그렇게 골똘히 생각하고 있는 거야? 알겠네. 어젯밤 다마치요노기미(玉千代の君)가 무심하다고 하던가? 그럴 테지. 나는 자네에게 불길한 예언을 바쳐야 하는 선견(先見)이 슬프다네. 첫째 자네는 자부심이 너무 강해서 수입의 대부분을 쓰게 되고 나서야 풀이 죽게 될 걸세. 또 남편인 척 '응, 좋아'라든지 느긋한 자세를 취한 처음의 태도가 어리석지. 그로부터 착취를 당하고 가끔씩 생피를 빨리는 경우를 당하게 되면, 경험 덕에 무익한 투자라는 것을 자각하게 되고,

돈이 궁해지고 상대에게 빼앗겨 목을 매달아야 하는 지경에 빠져서야 비로소 여명의 꿈에서 깨어나 제정신이 들겠지. 회사나 은행돈까지 다 쓰고 결국에는 자살 상담을 하게 되는 정해진, 아는 사람은 다 아는 일이 애정연극의 다섯 번째 순서네. 그리고 무척 인간미 넘치는 제일 잘생긴 배우 같은 기분이 들겠지만, "저도 함께 죽을래요."라는 것은 새빨간 거짓말이야. 칼에 찔려 죽은 배우가 붉은 천 뒤에서 무대 왼쪽으로 살아나오는 것처럼, 게이샤는 좀처럼 진짜로 죽지 않는다네.

작부 출신이나 어린 소녀 같아 보여도 게이샤라고 이름붙은 자는 연애의 길과 손님을 속여 돈을 거둬들이는 것만큼은 박사지. 기예보다도 그쪽 방면에 관해 아침부터 밤까지 선배 언니들로부터 전수받는 것일세. 게다가 열두세 살 무렵부터 매일매일 많은 손님을 접하며 실험하고 수행하고 하고 있기 때문에, 그 방면으로는 우리의 상상이 미치지 못하는 달인이라구. 제대로 되지 않은 게이샤거나 순진한 여자라고 생각하여 방심하면 큰 코 다치게 된다네.

저, 여봉 하며 콧소리를 낼 때는 30원, 40원 날아갈 것을 각오하게나. 동시에 게이샤 방에서 저 안경 낀 놈이, 수염 난 놈이 드디어 비단옷 선심을 썼다구, 하며 붉은 혀를 쏙 내미는 영광도 각오해야 한다네.

젊은이 당신은 게이샤를 극단적으로 악당처럼 말하지만, 그녀도 사람이라구요. 인정(人情)도 있고, 사랑도 하고, 호기부리는 경우도 있겠죠.

중년남 자네는 어수룩하게 생긴 사람이로군. 게이샤도 사랑은 하겠지. 인정도 없진 않을 테지. 그러나 그 사랑이나 인정은 미남자나 배우, 활동사진 변사에게만 쏟는 것이어서 보통 손님이나 영감에게는 어디까지나 장사속이지.

어처구니없기도 하고 분하기도 하지만, 게이샤에게 반하는 놈이 바보라네. 이봐, A군. 자네가 미남자임은 자타가 공인하고 있지만, 그렇다고 게이샤에게 인기 있다고 우쭐하는 것은 성급한 일일세. 게이샤가 좋아하는 남자는 돈 있는 남자라네. 알겠나? 돈이라구. 창백하고 여리여리한 자칭 미남자는 단순히 바람기로 잠깐 좋아하지만, 결국 돈이 없으면 끝이지. 첫째 게이샤가 좋아하는 남자란 친절한 남자보다도 남자다운 풍류남이지. 돈 있는 남자라 하면 인기 있는 건 보증할 수 있다네. 미남자가 돈과 힘이 없으면 잠시 소중하게 미남자 취급을 받겠지만, 이삼 개월 지나면 여자에게 버림받는다네. 그 때 분개하면 할수록 그들(게이샤) 무리의 비웃음거리가 되는 거지. 들어보게. 게이샤가 호들갑떠는 남자란 풍채가 남자답고, 돈을 갖고 있는 남자라구. 웬만한 남자다움과 여자가 좋아할 법한 기질과, 게이샤의 요구에 응하여 투자할 수 있는 자는 대개 빼어난 자를 사로잡을 특권이 있지. 사실 돈은 미남보다도 강하고, 대부분의 게이샤를 정복한다네.

젊은이 게이샤는 어째서 그렇게 돈을 좋아하는 거죠? 한 시간 술자리에 앉아서 '영감님은 싫어요'라든가, 시시한 압록강 가락을 부르면 한 시간에 1원 60전, 거기에 팁이라도 받으면 여자 직업치고는 고등관에 상응하는 게 아닌가요.

중년남 좀 더 생각하면 자네의 계산은 엄청난 산술급수를 낳겠군. 하나를 백개 하면 백이 될 것 같지? 하지만 사실은 그렇게 순조롭지 않다네.

젊은이 게이샤는 대체 한 달에 비용을 얼마나 쓰는 건가요?

중년남 게이샤 한 달 비용은 인력거비, 머리 땋는 비용, 목욕비, 활동사진 비용, 외식비, 세금, 이들 잡비로 5, 60원은 반드시 들지. 게다가 깃이라든지 게타, 버선 등을 사들이려면 백 원 이상의 돈이 없으면 한 달을 지낼 수 없다네. 아니 솥이나 허리띠 등에 쪼들리는 거지. 그 밖에 의복도 2개월에 한 벌 정도 구입해야 하니까, 그들이 돈돈 하는 것도 무리도 아니라네.

젊은이 그것은 향값(線香代)[13]으로 지불하는 건가요?

중년남 아니, 게이샤의 화대 수입이 한 명당 한 달에 300원 정도라고 하면, 200원은 포주가 몸값으로 떼어가지, 나머지 100원은 권번과 요정(料亭)의 호주머니로 들어가는 거지. 게이샤에게는 향 1대에 5전의 돈이 들어올 뿐이라네. 그 돈도 권번에서 요금으로 적금으로 저금해두기 때문에, 게이샤 손에는 한 푼도 들어오지 않는다네.

젊은이 그렇다면 게이샤는 어떻게 생활하나요?

중년남 게이샤의 어려운 점은 바로 그거지. 그들 한 달에 100

13) 게이샤의 화대. 향 1대 피우는 동안을 단위로 시간을 계산했기 때문이라고 함.

원 이상의 수입은 화대 이외에 벌어들여야 하네. 팁도 10원이나 15원은 있겠지만, 그런 것으로는 어림도 없지. 그들이 몸을 파는 것도 손님을 받는 것도 이런 생활고에서 비롯되는 거라네.

젊은이 게이샤의 동침 비용은 그런 비용에 충당하는 건가요?

중년남 동침비 30원, 50원이라면, 한 달에 손님을 3명 받으면 그걸로 한 달 비용은 될 것 같지만, 동침 비용의 반은 나카이(仲居), 요정, 포주한테 배분되는 거라네. 실제로 게이샤의 손에 들어오는 것은 반 정도인 셈이지. 그 반액도 현금으로는 좀처럼 손에 들어오지 않는다네. 이런 동침 비용으로 부족하기 때문에, 그들은 여러 가지 작전을 세워서 손님에게 돈을 거둬들일 궁리를 하는 거지.

젊은이 그렇다면 한 달에 100원 이상 매월 용돈을 준다면, 게이샤는 손님 한 명만 고수하게 될까?

중년남 아니, 게이샤는 용돈에 궁하지 않은 걸로 족하지 않는다네. 향을 꽤 팔지 않는다면, 첫째 포주의 기분이 좋지 않겠지. 빌린 돈을 갚지 않거나 동료들에 대해서도 경기(景氣)가 좋지 않을 걸세. 그리고 그들은 향을 팔기 위해서 상당한 노력을 요한다네. 향을 팔기 위해서 기예나 얼굴만으로 되지 않지. 하물며 기예도 없이 얼굴도 그다지 훌륭하지 않다면 더욱 그럴 거라네. 손님의 대부분은 술 상대만으로 만족하지 못하는, 대부분은 그들을 가지고 놀아야만 만족하는 호색한이 많지. 그러니 나카이나 요릿집 안주인에게 명령을 내리지. 나카이나 요릿집 안주인은 게이샤를 손님에게 보내지 않으면 손님의 발걸음이 뜸해지고, 딱히 수입이 없기 때문에, 손님이 주문하기 전에 돈이 된다고 예상되면, 게이샤를 손님에게 권한다네. 게이샤가 이에 응하지 않으면, 그 게이샤는 이후 부르지 않게 되지. 그러면 게이샤는 향을 파는 범위가 좁아지기 때문에, 자연히 파리 날리게 되고 게이샤는 어쩔 수 없이 나카이, 요정 안주인의 요구에 응하게 되는 거라네. 특히 경성에서는 게이샤의 매음 단속은 절대로 없기 때문에, 경성의 게이샤는 공공연히 손님을 받아도 부끄러워하거나 고통스러워하지 않는 걸세.

(이 때 젊은이는 매우 분개한 어조로)

젊은이 그렇다면 게이샤가 나쁜 것이 아니라, 요릿집이나 포주, 나카이, 요릿집 안주인이나 경찰 같은 놈들이 나쁜 거로군요.

중년남 글쎄, 그 죄가 어느 쪽에 있는지 알 수 없지만, 게이샤도 앞서 말한 대로 융통할 돈에 궁하고, 향을 많이 팔고 싶어서 자진해서 손님을 유혹하는 일도 있으니까.

젊은이 그들에게 정조란 관념은 없는 건가요? 여러 손님을 받는 것을 고통으로 여기지 않는 것인지.

중년남 구더기는 똥 냄새를 모르는 것과 마찬가지로, 게이샤 무리에 들어가게 되면 정조 관념 등은 생각도 하지 않는 것 같네. 그들도 전혀 그 관념이 없다고 할 수는 없지만, 그런 것을 생각하고 있으면 몸을 팔 수 없고, 생계를 꾸릴 수 없고, 게다가 그들 무리에서는 정조 문제 따위는 전혀 문제 삼지 않는다네. 그런 얘기를 하는 자가 있으면, 비웃음거리가 되기 때문에, 자연히 손님을 많이 받는 것을 부끄럽게 생각하지 않지. 개중에는 손님을 많이 받을수록 명예처럼 생각하는 자도 있다네. 손님 외에 미남자까지 갖추고 밤낮 가리지 않고 발전하는 자도 꽤 있단 말일세.

젊은이　당신은 그런 얘길 하지만, 내가 아는 애는 이상하게 손님을 받지 않는다고 하던데요. 잘 아는 나카이가 저 애는 정말 당신 혼자만 받고 다른 손님을 받지 않는다고 말했는걸요.

중년남　그런 점이 자네를 어리숙하다고 하는 걸세. 나카이가 저 아이는 달리 영감이 있답니다, 라고 얘기하는 바보가 세상 천지에 어디 있을까? 그런 얘길 하고 있으면 장사가 안되지 않겠어?

(젊은이 뭔가 생각난 듯한 표정으로 과연 그렇군, 하고 고개를 끄덕이면서)

젊은이　손님이란 놈은 바보로군요. 나뿐만 아니라, 야마구치(山口)라는 놈도(게이샤 놀이 친구) 재(야마구치랑 친한 게이샤)는 나 이외에는 손님을 받지 않는다고 말했지만, 저 놈도(야마구치) 그런 어리석은 한 명이었군.

(하고 한숨섞인 어조로 새삼스레 생각에 잠긴다.)

중년남　아무튼 게이샤도 사랑도 하고, 인정도 있으니, 절대 장삿속만 있다고 말할 수는 없지만, 한 명의 손님을 고집하는 심지굳은 여자는 게이샤 무리에는 없다고 생각하는 것이 틀림없지. 그들(게이샤)은 요컨대 색정

(色情)과 돈 외에는 다른 어떤 세계도 발견할 수 없는 동물이라네.

(중년남은 이야기가 너무 딱딱해졌다고 웃으면서, 데리고 있는 젊은 게이샤 한 명을 부른다. 어린 게이샤는 입에 음식을 물고 나온다. 젊은이는 긴장한 모습.)

중년남 또 뭘 사 먹은 거야?

게이샤 사다리 했죠. 훌륭한 밤만주랍니다.

중년남 따뜻한 차랑 그 밤만주를 좀 내오라구.

(게이샤는 고개를 끄덕이면서 나간다.)

중년남 바로 저거야. 게이샤의 오글오글한 잔주름 배라는 거라네.[14] 이십분 전에 아침을 먹고 곧 저렇다니까. 용돈이 필요한 이유지. 술자리에 나가 좀처럼 먹지 않는 대신에 자신의 자유로운 시간이 되면, 이상하게 돈을 쓰고 싶은 기분이 들어 친구를 양식집에서 사주거나, 매식을 하거나 하지.

젊은이 늘 손님이 자신을 사는 느낌이 들어 즉 학대받고 있으니 그 반동으로 자신이 손님 기분을 느끼고 싶은 거겠죠.

14) 원문에는 바탕이 오글오글하게 된 평직 비단인 지리멘(縮緬) 배(腹)라는 표현이 사용됨.

중년남 저러니 오원, 십원의 돈은 순식간에 카페의 커틀렛으로 없어지고, 활동사진비나 연극 관람료 혹은 과자값에 던져지는 거라네. 그리고 마지막에는 얼굴에 바르는 분 하나도 살 수 없는거지. 그것은 그들의 공통된 기질일세. 사쿠라가미(櫻紙)[15]나 머리땋는 비용이나 그 비용을 변통하는 방법을 강구하는 것은 녹록치 않다네. 손님한테 어제는 이렇게 말해서 10원 뜯어냈지만, 오늘은 평양 밤을 먹고 활동사진비로 쓰고, △△정(亭)의 언니한테 지난달 빚을 치르고 나면 끝이지. 오늘밤은 ××의 밝히는 할아범이 오니까 졸라서 연극보러 가야지. '영감님, 오늘 가부키(歌舞伎)[16]는 너무 괜찮은데'라든지 '이번 활동사진은 재밌어요'라든지 어떻게든 그때그때 잘 다뤄서 돈을 뜯어 내는 거지. 그렇게 자신이 좋아하는 가부키 배우나 활동사진 변사에게 금일봉을 보내고, 과자를 하나 가득 보내어 연락을 취하곤 하지. 밝히는 영감은 게이샤가 배우나 변사에게 돈을 보내는 돈줄인 셈이네.

젊은이 그래서 오봉(お盆)[17] 즈음에는 100원, 200원을 지불하

15) 벚나무 껍데기로 만든 일본 종이.
16) 일본 근세시대에 발달한 무대예술.

게 되는 건가.

중년남 잘 알려진 머리땋는 곳이나 인력거꾼, 권번의 하인들, 이발소에서 얼굴을 마주하는 오빠들이나 그리고 요릿집 주인이나 나카이들에게 줄 선물, 옷가지를 사는데 들어간다네. 이런 경우 한 명만이면 효과가 적으므로, 두세 명 지출금고가 있는 법이네. 그렇게 야심이 있는 경우에는 반드시 남자의 근무처에 괴롭히는 전화를 쉴 새 없이 울리게 하고, 가나쿠기류(金釘流)[18]의 편지를 보내기도 하지. 그것을 받고 엄청 기분 기뻐하는 바보도 있으니 세상은 참 묘한 셈이지.

자네는 팔부짜리 루비가 들어간 반지에 대해 얼마만큼 치른 희생의 대가인지 알 수 없을 걸세. 그 게이샤는 원래 불한당 아버지를 두고 허영심 강하지만 인기가 없어서 반지가 갖고 싶어도 살 수가 없다네. 사 줄 영감도 없으니 시계방의 쇼윈도 앞을 지날 때마다 배꼽주위가 뭉클뭉클했을 테지. 붉은 놈 하나 정도 갖고 있지 않으면 게이샤 무리에서 체면을 구길 터이니, 여러모로 궁리 끝에 한 꾀를 짜내어 안(杏)짱[19]을 유혹

17) 백중맞이. 음력 7월 보름.
18) 세계에서 가장 활발한 서도(書道)의 한 유파.

하기로 작전을 세웠다네. 육탄전에 관해서는 천군만마의 강자여서, 여자를 무척 좋아하는 대머리를 좁은 방으로 끌어들이고 말았지.

젊은이 해 치웠나요?

중년남 다음날에는 그녀의 품에는 십 원짜리 지폐가 다섯 장 들어 있었다네.

젊은이 그걸로 반지를 샀나요?

중년남 그렇지. 그녀의 손가락에는 찬란한 반지가 광채를 번득였지. 다만 이번에는 옷가지를 저당잡히는 사건이 빈번히 일어나서.

그렇다면 제2의 작전은 다른 영감, 즉 호구 영감에게 전화를 걸어 오늘밤 꼭 와 달라고 달달한 말로 불러내어서, 그쪽에서 올 때까지 전화를 끊지 않는다네. 드디어 계약이 성립되었다고 보이면 전화를 끊고 붉은 혀를 쏙 내밀고 회심의 미소를 띠우지. 그날 밤 그녀는 포주집으로 돌아가지 않았지만, 다음날 헝클어진 머리로 기분좋은 얼굴로 돌아갔다고 생각하면 그날 낮에는 저당잡힐 물건이 생겼다고 보고 더러운 옷가

19) ちゃん. ~씨보다 더 친밀감을 나타내는 호칭.

지는 아름다운 옷으로 바꾸게 되었네. 그렇게 그 날 밤에는 바로 활동사진을 보러가는 거지.

젊은이 게이샤가 활동사진이나 연극을 보러가는 것은 자신의 비용으로 가는 건가요?

중년남 바보같은 소리를 하는 게 아니네. 게이샤가 그들에게 연예(演藝)를 조르는 거지. 그걸로 그들은 활동사진이나 연극을 보러가는 걸세. 저들(게이샤)의 즐거움이란 미남자를 만나는 것과, 활동사진이나 연극을 보러가는 것이 유일한 즐거움이니까. 그렇게 그들이 어디든 특등석을 점하고 홀짝홀짝 마시거나 먹거나 하는 것이네. 그것은 모두 거둬들인 돈이지. 그러나 그렇게 언제나 호색적인 영감만 오는 것은 아니라네. 그런 때 그들(게이샤)의 가뭄인 셈이지. 그렇게 전당포만으로는 다 안 되니까 계속 사고 떼어먹는 걸세. 경성에서는 잡화상이나 옷감집에 빚이 없는 게이샤는 아마도 몇 명 되지 않을 거라네.

젊은이 그러면 그들은 낮에 대체 무엇을 하는지요. 세탁이나 바느질 정도는 하나요?

중년남 이것도 백 명에 한 명 정도겠지. 대개는 더러운 것을 둘둘 말아서 함께 세탁집에 보내지. 이것으로도 역시 여자 실격이지. 기모노 등은 물론 속치마 한 장도 자신이 깁거나 하지 않을 걸세. 헤진 버선을 수선하는 것도 절대 무리지. 아마도 태어나서 바늘 한번 잡아본 적 없는 자가 대다수일 테니까.

젊은이　그렇다면 그들은 기예라도 배우는 건가요?

중년남　기예를 진지하게 배우는 자는 열 명에 한 명도 없지. 대개 머리하러 가거나 목욕가거나 하며 지내는 거라네. 그 사이에는 미남자에게 가는 자도 있고, 포주집 방에 모여 손님의 인물평을 하거나 돈 문제, 손님에게 돈을 짜내는 평가를 하지. 게다가 그들은 자신의 추한 얼굴이나 메기입, 썩어가는 막대기 같은 더러운 이빨은 문제 삼지 않고, 자주 손님 품평을 하곤 한다네.

젊은이　게이샤는 별명을 붙이고 싶어하는 건가요?

중년남　그거야 즐겨 하는 일이지. 오카(岡) 빈 씨라든지, 소고기집의 영감이라든지 헤이로쿠(兵六) 아저씨라든지 소위 어쩌구 어쩌구 남자의 캐리커처를 능숙한 표현으로 나타내는 그들 특유의 해학미가 있다네. 그 별명으로 불리고도 좋아하는 바보같은 손님도 있으니까 말이지.

젊은이 게이샤에게는 미인도 있고, 스타일 좋은 자도 있지만, 품격있는 얼굴이나 우아한 여자는 적더라구요.

중년남 그건 그렇지. 출생은 대개 하층사회 출신이라네. 교육이라고는 심상(尋常) 소학교 정도이니까. 또 품격이 있으면 갖고 노는 데는 맞지 않으니, 도리어 품격이 없는 육감적이기만 한 게이샤가 좋은 걸세.

젊은이 육감적이라고 해도 진정한 육체미는 없죠. 지난번에 공중목욕탕의 반다이(番臺)[20]에게 물었더니, 마치 군마(軍馬)가 싸울 수 있도록 훈련받아 싸움에만 적합하게 성장하듯이, 게이샤의 몸도 전문적으로 만들어져서 일종의 틀이 있다네요. 게다가 분이라도 벗긴 얼굴을 보면 모두 도깨비 같다고 하더군.

중년남 전문적이라니 대단하군. 인력거꾼의 몸은 다리뿐이고, 다타미(疊) 수리공의 몸은 손뿐이고, 활동변사의 몸은 혀뿐이라고 변칙적인 발달을 하게 될 걸세. 그 발달도 소위 자손 번식이 아니라, 쾌락 아니면 유희 본위로 발달하는 법이지.

20) 공중목욕탕 등의 카운터, 혹은 거기에 앉아있는 사람.

젊은이　그렇다면 게이샤는 매춘부나 창녀와 다를 게 없지 않나요?

중년남　그렇지. 그들의 이면에 들어가 보면, 매춘부나 창녀와 다를 게 없네. 다만 화대가 많고 적고의 차이지. 게다가 매춘부나 창녀는 거의 공공연히 매춘을 하지만 게이샤는 게이샤 간판을 걸고 새초롬히 있으면서 이면에서 활발히 매춘을 하는 것이니 그 죄는 큰 거겠지.

젊은이　그래도 창녀나 매춘부는 아무리 그래도 인력거에서 매음을 하지는 않지만, 게이샤는 언제나 인력거 위에서 몸을 뒤로 젖히고 큰 길 한 가운데서 기세 좋게 달리고 있지 않은가요.

중년남　그렇지. 그런 것이 우리가 괘씸해하는 점이네. 경성 같은 곳은 게이샤가 매음하러 가는데 혼마치(本町) 통의 좁은 잡거지(雜居地)를 인력거로 가로질러 다니지. 이것은 풍속을 문란케 하는 걸세. 그것을 졸린 눈으로 바라보는 순사 꼬락서니가 줄지어 있지 않나?

젊은이　당신은 그래도 한때 게이샤 놀이를 자주 하지 않았나요?

중년남　우리의 게이샤놀이는 게이샤를 가지고 노는 것이어서 농락당하는 일은 없지만, 자네들은 데리고 놀려고 하다가 농락당하는 셈이니 안 된 거라네. 게이샤 흉보기는 이쯤 해두기로 하세, 게이샤에게 원망듣고, 다음에 그들이 맹렬히 복수하게 되면 곤란하니까 말이지.

다만 이렇게 말해 버리면 게이샤란 찢어 죽여도 될 것 같지만, 그들을 또 다른 면으로 보면 불쌍한 점도 있다네. 그들은 불한당 부모나 형제 때문에 팔려온 자들이지. 반은 어릴 적부터 양녀가 된 자들로, 양부모의 먹잇감이 된 것이네. 오년 남짓, 칠년 남짓 된 것이어서, 완전히 인신매매로 예전의 노예매매와 같은 운명 하에 있는 것일세. 그렇게 그녀의 유일한 자긍심 유일한 빛인 정조라는 것을 자랑거리로 많은 손님의 산 피를 빠는 독충이 되고, 그 빨아들인 피의 대부분은 끝없는 탐욕의 호랑이 늑대같은 나카이나 요릿집 등에 빼앗기게 되고, 그들은 언제나 빚에 쪼들리게 되는 거라네. 그들이 스물다섯 이상이 되어도 진흙탕에서 발을 빼지 못하고, 그 짓무르고 빛바랜 얼굴을 술자리에 드러내어 생각이 있는 자에게 일종의 비애를 느끼게 하는 것도 빚 때문인 셈이지. 그들은 첫째 부모형제나 양부모의 희생양이라네. 둘째로는 탐욕스런 포주집이나 요릿집, 나카이 등의 희생자라네. 셋째로는 이성에 들뜬 남자의 노리갯감이지. 세상에 그들만큼 불쌍한 자는 없을 걸세. 그들만큼 불행한 자도 없지. 다만 정작 본인은 그다지 불쌍한 지경에 있다는 것도, 불행한 몸이라는 것도 자각하지 못하고, 어디까지나 창녀가 되어 들뜬 채로 세월을 보내고 있어 참다운 인간의 일 따위는 생각하지 못한다네. 그것이 또한 가엾지 않은가.

(젊은이는 수긍이 간다는 표정으로 듣고 있었다.

이 때 옆방에 떠들썩하고 돌아온 게이샤들. 차즈케[21]로 야식을 먹고 기모노를 두드리고 개면서 손님의 흉을 보면서 시끄럽게 떠든다.)

중년남 A군은 저걸 들어보게. 모두 오늘밤 손님의 품평이라네. 많은 돈을 지불하고, 자신만 인기가 많다는 속셈이지만 게이샤 방에서 헐값의 혹평을 듣게 되지. 아마도 귀가 아플 것일세.

*『朝鮮及滿洲』 173호, 1922.4.

21) 밥에 뜨거운 녹차를 부음, 또는 그런 밥.

역자 후기

본서는 재조일본인 일본어잡지인 『조선 및 만주』에 게재된 이른바 '유곽물'을 엄선하여 번역한 것이다. '유곽물'은 유곽을 배경으로 하거나 유녀를 소재로 한 문학을 지칭하는 용어로, 특히 재조일본인의 일본어 미디어에 다수 게재되었다.

이와 같은 문예물의 등장은 1876년 부산 개항 이후 일본인들이 한반도에 대거 이주하게 되면서, 일본인 거류지의 확대, 상업의 발달과 더불어 유곽이 설치되고, 매춘산업이 활성화되었던 시대배경과 밀접한 관련을 지닌다고 할 수 있다. 당시의 재조일본인들의 미디어에는 재조일본인 사회의 현실을 반영한 '유곽물'이 근대 초기부터 창작되어, 특히 재조일본인 잡지 중에서도 독자적인 문예란을 갖고 있던 『조선 및 만주』에는 유곽과 관련된 기사나 문예물이 자주 등장하였다.

잡지 『조선 및 만주』는 1908년에 경성에서 창간된 종합잡지 『조선』이 1912년 1월 개명되어 1941년 1월까지 발간된 식민지 조선의 가장 대표적인 잡지로, 일본의 제국주의적 대륙 팽창에 호응하고 이를 계몽·선도하는 거점적 역할을 수행하였다. 본서에는 아시아 대륙의 본격적인 진출을 위해 만주 사변(1931)을 준비하던 1920년대의 시대상을 엿볼 수 있는 작품들을 선별하였다.

본서는 잡지 『조선 및 만주』의 유곽물 총 6편을 번역, 수록하였다. 이 가운데는 순수 창작물이 아닌, 기사의 형태로 게재된 것도 포함되어 있지만, 이 역시 픽션이 가미된 소설적 형태에 가까운 것이어서 넓은 의미에서 문예물로 분류하였다.

잡지 『조선 및 만주』의 '유곽물'에는 돈벌이를 위해 해외로 나갔던 일본인 창부 즉 '가라유키상'이 종종 등장하고 있는데, 본서의 유곽물에도 조선, 대만, 중국 하얼빈, 다이렌 등 다양한 '외지'의 여성들이 등장하고 있다. 친부의 도박빚으로 팔리게 된 재조일본인 여성을 동정적 시선으로 그려내거나, 식민지를 순회하는 기예단의 일원이었던 여성이 게이샤로 전락한 사연을 소개하거나, 온천장에서 만난 유녀와의 하룻밤을 아련하게 그려낸 이야기, 게이샤를 사랑한 나머지 자살하게 된 어느 남자의 사연, 과거 유녀였던 여성이 남편에게 소박당하는 이야기, 대화극 형식으로 게이샤의 적나라한 이면을 파헤친 이야기 등 다양한 내용으로 구성되어 있다. 이들 소설들은 식민자인 일본인 남성의 시선으로 '외지'의 여성들을 그려낸 것들이 많으며, 재조일본인 미디어에서는 이들을 다분히 통속적으로 소비, 향유하였지만, 일본 내지의 '유곽물'과는 다른 식민지 현실을 잘 드러내는 흥미로운 작품들이 다수 포함되어 있어 일본 근대의 또 다른 얼굴을 잘 볼 수 있다고 여겨진다.

아울러 본서는 고려대학교 글로벌일본연구원 식민지 일본어문학 팀 산하의 '전쟁과 여성' 독서모임이 그 출발점이 되어 탄생되었다. 독서모임에 참여한 김효순, 신주혜 선생님과 번역총서를 기획한 글로벌일본연구원 정병호, 유재진 선생님, 그리고 편집과 교정에 애써주신 역락 출판사의 담당 선생님께 감사의 말씀을 전하고자 한다.

2015년 5월

역자 이가혜, 이승신

재조일본인 유곽 이야기

초판 1쇄 발행 2015년 6월 26일

엮고 옮긴이 이가혜 · 이승신

펴낸이 이대현
편집 권분옥 이소희 오정대 이태곤 문선희 박지인
디자인 이홍주 안혜진 | 마케팅 박태훈 안현진
펴낸곳 도서출판 역락 | 등록 303-2002-000014호(등록일 1999년 4월 19일)
주소 서울시 서초구 동광로46길 6-6(반포4동 577-25) 문창빌딩 2층(우137-807)
전화 02-3409-2058(영업부), 2060(편집부) | 팩시밀리 02-3409-2059
이메일 youkrack@hanmail.net
역락블로그 http://blog.naver.com/youkrack3888

ISBN 979-11-5686-200-0 03830
정 가 8,000원

* 이 도서의 국립중앙도서관 출판예정도서목록(CIP)은 서지정보유통지원시스템 홈페이지(http://seoji.nl.go.kr)와 국가자료공동목록시스템(http://www.nl.go.kr/kolisnet)에서 이용하실 수 있습니다.(CIP제어번호 : CIP2015017053)